Pedro Salinas

Pedro Salinas
Gedichte
Poemas

Spanisch und Deutsch
Ausgewählt und übertragen von
Rudolf Wittkopf
Mit einer Hommage von
Jorge Guillén

Suhrkamp Verlag

Die Gedichte sind der Sammlung *Poesias Completas*,
erschienen bei Barral Editores, Barcelona 1971, entnommen.

Die Übersetzung wurde gefördert aus Mitteln
der Dirección General del Libro y Bibliotecas
des spanischen Kulturministeriums.

Erste Auflage 1990

Druck: Nomos Verlagsgesellschaft, Baden-Baden
Printed in Germany

Die Stimme, die ich dir verdanke
La voz a ti debida

... la voz a ti debida
Garcilaso, Égloga III

Thou Wonder, and thou Beauty, and thou Terror
Shelley, Epipsychidion

Tú vives siempre en tus actos.
Con la punta de tus dedos
pulsas el mundo, le arrancas
auroras, triunfos, colores,
alegrías: es tu música.
La vida es lo que tú tocas.

De tus ojos, sólo de ellos,
sale la luz que te guía
los pasos. Andas
por lo que ves. Nada más.

Y si una duda te hace
señas a diez mil kilómetros,
lo dejas todo, te arrojas
sobre proas, sobre alas,
estás ya allí; con los besos,
con los dientes la desgarras:
ya no es duda.
Tú nunca puedes dudar.

Porque has vuelto los misterios
del revés. Y tus enigmas,
lo que nunca entenderás,
son esas cosas tan claras:
la arena donde te tiendes,
la marcha de tu reló
y el tierno cuerpo rosado
que te encuentras en tu espejo
cada día al despertar,
y es el tuyo. Los prodigios
que están descifrados ya.

Du lebst immer in deinen Taten.
Mit der Spitze deiner Finger
berührst du die Welt, entlockst ihr
Morgenröten, Triumphe, Farben,
Freuden: diese deine Musik.
Das Leben ist, was du berührst.

Aus deinen Augen, aus ihnen allein,
kommt das Licht, es lenkt
deine Schritte. Du gehst umher
in dem, was du siehst. Weiter nichts.

Und wenn ein Zweifel dir zuwinkt
in zehntausend Kilometern,
dann hält dich nichts mehr, du schwingst dich
auf Buge, bist Schwinge,
bist längst schon dort; mit Küssen,
mit den Zähnen zerreißt du ihn:
schon ist es kein Zweifel mehr.
Du kannst nie im Zweifel sein.

Denn du hast die Geheimnisse
verkehrt. Und deine Rätsel, das,
was du nie verstehen wirst,
sind diese ganz klaren Dinge:
der Sand, auf dem du dich ausstreckst,
der Gang deiner Uhr
und der zarte rosa Körper,
dem du jeden Tag beim Erwachen
in deinem Spiegel begegnest
und der der deine ist. Wunder,
die schon aufgeklärt sind.

Y nunca te equivocaste,
más que una vez, una noche
que te encaprichó una sombra
– la única que te ha gustado –.
Una sombra parecía.
Y la quisiste abrazar.
Y era yo.

Und nie hast du dich geirrt,
nur einmal, eines Nachts,
als ein Schatten dich närrisch machte
– der einzige, der dir gefiel –.
Ein Schatten schien's.
Und du wolltest ihn umarmen.
Und er war ich.

Sí, por detrás de las gentes
te busco.
No en tu nombre, si lo dicen,
no en tu imagen, si la pintan.
Detrás, detrás, más allá.

Por detrás de ti te busco.
No en tu espejo, no en tu letra,
ni en tu alma.
Detrás, más allá.

También detrás, más atrás
de mí te busco. No eres
lo que yo siento de ti.
No eres
lo que me está palpitando
con sangre mía en las venas,
sin ser yo.
Detrás, más allá te busco.

Por encontrarte, dejar
de vivir en ti, y en mí,
y en los otros.
Vivir ya detrás de todo,
al otro lado de todo
– por encontrarte –,
como si fuese morir.

Ja, hinter den Leuten
suche ich dich.
Nicht in deinem Namen, wenn sie ihn nennen,
nicht in deinem Bild, wenn sie es malen.
Dahinter, dahinter, jenseits.

Hinter dir suche ich dich.
Nicht in deinem Spiegel, nicht in deiner Handschrift,
nicht in deiner Seele.
Dahinter, jenseits.

Auch hinter mir, weit hinter mir
suche ich dich. Du bist nicht,
was von dir ich spüre.
Du bist nicht,
was da mit meinem Blut
in den Adern pocht,
ohne ich zu sein.
Dahinter, jenseits suche ich dich.

Um dich zu finden, nicht länger
leben in dir, in mir
und in den anderen.
Leben hinter allem,
jenseits von allem
– um dich zu finden –,
als wäre es Sterben.

Ha sido, ocurrió, es verdad.
Fue en un día, fue una fecha
que le marca tiempo al tiempo.
Fue en un lugar que yo veo.
Sus pies pisaban el suelo
este que todos pisamos.
Su traje
se parecía a esos otros
que llevan otras mujeres.
Su reló
destejía calendarios,
sin olvidarse una hora:
como cuentan los demás.
Y aquello que ella me dijo
fue en un idioma del mundo,
con gramática e historia.
Tan de verdad,
que parecía mentira.

No.
Tengo que vivirlo dentro,
me lo tengo que soñar.
Quitar el color, el número,
el aliento todo fuego,
con que me quemó al decírmelo.
Convertir todo en acaso,
en azar puro, soñándolo.
Y así, cuando se desdiga
de lo que entonces me dijo,
no me morderá el dolor
de haber perdido una dicha
que yo tuve entre mis brazos,

Es ist gewesen, ist geschehen, ist wahr.
Es war an einem Tag, es war ein Datum,
das die Zeit mit einer Zeit markiert.
Es war an einem Ort, den ich sehe.
Ihre Füße betraten diesen Boden,
den wir alle betreten.
Ihr Kleid
glich diesen anderen,
die andere Frauen tragen.
Ihre Uhr
löste Kalender auf,
ohne eine Stunde zu vergessen:
so viele wie die anderen zählen.
Und was sie mir sagte,
sagte sie in einer Sprache der Welt,
mit Grammatik und Geschichte.
So wahr,
daß es erlogen schien.

Nein.
Innen muß ich es leben,
träumen muß ich's.
Löschen die Farbe, die Zahl,
den Feueratem,
mit dem sie mich brannte beim Sprechen.
Alles verwandeln in Zufälligkeit,
in reinen Zufall, indem ich's träume.
Nimmt sie aber zurück,
was sie damals mir sagte,
wird mich der Schmerz nicht verzehren,
ein Glück verloren zu haben,
das ich in den Armen hielt,

igual que se tiene un cuerpo.
Creeré que fue soñado.
Que aquello, tan de verdad,
no tuvo cuerpo, ni nombre.
Que pierdo
una sombra, un sueño más.

als wär' es ein Körper.
Ich werde glauben, daß es ein Traum war
und, was so wirklich schien,
weder Körper noch Namen hatte.
Daß ich verliere
einen Schatten, einen Traum mehr.

Por qué tienes nombre tú,
día, miércoles?
¿Por qué tienes nombre tú,
tiempo, otoño?
Alegría, pena, siempre
¿por qué tenéis nombre: amor?

Si tú no tuvieras nombre,
yo no sabría qué era,
ni cómo, ni cuándo. Nada.

¿Sabe el mar cómo se llama,
que es el mar? ¿Saben los vientos
sus apellidos, del Sur
y del Norte, por encima
del puro soplo que son?

Si tú no tuvieras nombre,
todo sería primero,
inicial, todo inventado
por mí,
intacto hasta el beso mío.
Gozo, amor: delicia lenta
de gozar, de amar, sin nombre.

Nombre: ¡qué puñal clavado
en medio de un pecho cándido
que sería nuestro siempre
si no fuese por su nombre!

Warum hast du einen Namen, du,
Tag, Mittwoch?
Warum hast du einen Namen, du,
Zeit, Herbst?
Freude, Leid, immer,
warum habt ihr einen Namen: Liebe?

Hättest du keinen Namen,
wüßte ich nicht, was ich war,
noch wie noch wann. Nichts.

Weiß das Meer, wie es heißt,
daß es das Meer ist? Kennen die Winde
ihre Namen, Süd
und Nord, über das reine Wehen,
das sie sind, hinaus?

Hättest du keinen Namen,
alles wäre erstmalig,
anfänglich, rein erfunden
von mir,
unberührt bis zu meinem Kuß.
Lust, Liebe: langsame Wonne,
zu genießen, zu lieben, ohne Namen.

Name: welch Dolchstoß
mitten in eine unschuldige Brust,
die immer unsere wäre,
wär' nicht ihr Name!

Ay, cuántas cosas perdidas
que no se perdieron nunca!
Todas las guardabas tú.

Menudos granos de tiempo,
que un día se llevó el aire.
Alfabetos de la espuma,
que un día se llevó el mar.
Yo por perdidos los daba.

Y por perdidas las nubes
que yo quise sujetar
en el cielo
clavándolas con miradas.
Y las alegrías altas
del querer, y las angustias
de estar aún queriendo poco,
y las ansias
de querer, quererte, más.
Todo por perdido, todo
en el haber sido antes,
en el no ser nunca, ya.

Y entonces viniste tú
de lo oscuro, iluminada
de joven paciencia honda,
ligera, sin que pesara
sobre tu cintura fina,
sobre tus hombros desnudos,
el pasado que traías
tú, tan joven, para mí.
Cuando te miré a los besos

Ach, wieviel verlorene Dinge,
die nie verlorengingen!
Du bewahrtest sie alle.

Winzige Körnchen Zeit,
die eines Tages der Wind mitnahm.
Alphabete des Schaums,
die eines Tages das Meer mitnahm.
Ich gab sie verloren.

Ich gab verloren die Wolken,
die ich anhalten wollte
am Himmel,
mit meinen Blicken bannen.
Und die großen Freuden
der Liebe, und die Angst,
noch zu wenig zu lieben,
und die Begierde
zu lieben, dich zu lieben, mehr und mehr.
Alles gab ich verloren, alles,
was früher gewesen,
was nie sein wird, nie mehr.

Und dann kamst du
aus dem Dunkel, erleuchtet
von junger tiefer Geduld,
unbeschwert, und es lastete nicht
auf deinen schmalen Hüften,
auf deinen nackten Schultern,
die Vergangenheit, die du,
so jung, mir brachtest.
Als ich dich ansah bei den reinen

vírgenes que tú me diste,
los tiempos y las espumas,
las nubes y los amores
que perdí estaban salvados.
Si de mí se me escaparon,
no fue para ir a morirse
en la nada.
En ti seguían viviendo.
Lo que yo llamaba olvido
eras tú.

Küssen, die du mir gabst,
waren die Zeiten und die Schäume,
die Wolken und die Geliebten,
die ich verloren, gerettet.
Entschwanden sie mir auch,
so erstarben sie doch nicht
im Nichts.
In dir sind sie weiter lebendig.
Was ich Vergessen nannte,
warst du.

Ahí, detrás de la risa,
ya no se te conoce.
Vas y vienes, resbalas
por un mundo de valses
helados, cuesta abajo;
y al pasar, los caprichos,
los prontos te arrebatan
besos sin vocación,
a ti, la momentánea
cautiva de lo fácil.
»¡Qué alegre!«, dicen todos.
Y es que entonces estás
queriendo ser tú otra,
pareciéndote tanto
a ti misma, que tengo
miedo a perderte, así.

Te sigo. Espero. Sé
que cuando no te miren
túneles ni luceros,
cuando se crea el mundo
que ya sabe quién eres
y diga: »Sí, ya sé«,
tú te desatarás,
con los brazos en alto,
por detrás de tu pelo,
la lazada, mirándome.
Sin ruido de cristal
se caerá por el suelo,
ingrávida careta
inútil ya, la risa.
Y al verte en el amor

Dort, hinter dem Lachen,
erkennt man dich nicht mehr.
Du kommst und gehst, gleitest
durch eine Welt eisiger
Walzer sanft abwärts;
und im Vorübergehn rauben
Kapricen, Impulse dir
unverbindliche Küsse,
dir, der momentanen
Gefangenen des Leichten.
»Wie fröhlich!« sagen alle.
Und da, da wärst du am liebsten
dein anderes Du,
das dir selber so sehr
gleicht, daß ich fürchte,
dich dadurch zu verlieren.

Ich folge dir. Warte. Weiß,
wenn dich Tunnel und Sterne
nicht ansehen,
wenn die Welt glaubt,
daß sie schon weiß, wer du bist,
und sagt: »Ja, ich weiß schon«,
dann wirst du dir
mit erhobenen Armen
hinten im Haar die Schleife lösen
und mich dabei ansehen.
Und ohne Klirren
wird zu Boden fallen,
da unnütz nun,
die schwerelose Maske, das Lachen.
Und siehst du dich dann in der Liebe,

que yo te tiendo siempre
como un espejo ardiendo,
tú reconocerás
un rostro serio, grave,
una desconocida
alta, pálida y triste,
que es mi amada. Y me quiere
por detrás de la risa.

die ich dir entgegenbringe
immer als flammenden Spiegel,
wirst du wiedererkennen
ein ernstes, strenges Gesicht,
eine Unbekannte,
groß, blaß und traurig,
die meine Geliebte ist. Und mich liebt
hinter dem Lachen.

Yo no necesito tiempo
para saber cómo eres:
conocerse es el relámpago.
¿Quién te va a ti a conocer
en lo que callas, o en esas
palabras con que lo callas?
El que te busque en la vida
que estás viviendo, no sabe
más que alusiones de ti,
pretextos donde te escondes.
Ir siguiéndote hacia atrás
en lo que tú has hecho, antes,
sumar acción con sonrisa,
años con nombres, será
ir perdiéndote. Yo no.
Te conocí en la tormenta.
Te conocí, repentina,
en ese desgarramiento brutal
de tiniebla y luz,
donde se revela el fondo
que escapa al día y la noche.
Te vi, me has visto, y ahora,
desnuda ya del equívoco,
de la historia, del pasado,
tú, amazona en la centella,
palpitante de recién
llegada sin esperarte,
eres tan antigua mía,
te conozco tan de tiempo,
que en tu amor cierro los ojos,
y camino sin errar,
a ciegas, sin pedir nada

Ich brauche nicht die Zeit,
um zu erfahren, wie du bist:
einander erkennen ist der Blitz.
Wer will dich erkennen in dem,
was du schweigst, oder in diesen Worten,
mit denen du's verschweigst?
Wer dich sucht in dem Leben,
das du lebst, erfährt nicht mehr
als Andeutungen von dir, Vorspiegelungen,
hinter denen du dich versteckst.
Dich zurückverfolgen
in dem, was du getan hast, früher,
Taten mit Lächeln addieren,
Jahre mit Namen, hieße
dich allmählich verlieren. Ich will nicht.
Ich hab dich erkannt im Gewitter.
Ich hab dich erkannt, unverhofft,
in diesem brutalen Zerreißen
von Finsternis und Licht,
wo der Grund sich zeigt,
der dem Tag und der Nacht entgeht.
Ich sah dich, du hast mich gesehen, und jetzt,
du, entblößt alles Zweideutigen,
der Geschichte, der Vergangenheit,
du, Amazone in ihrem Aufleuchten,
zuckend vor jäher
Ankunft, ohne dich zu erwarten,
du bist mein seit jeher,
ich kenn dich so lange,
daß ich die Augen schließe in deiner Liebe
und dahingehe, ohne mich je zu verirren,
blind, nichts verlangend

a esa luz lenta y segura
con que se conocen letras
y formas y se echan cuentas
y se cree que se ve
quién eres tú, mi invisible.

von diesem sachten und sicheren Licht,
bei dem man Buchstaben erkennt
und Formen und die Summe zieht
und glaubt, man sieht,
wer du bist, meine Unsichtbare.

Para vivir no quiero
islas, palacios, torres.
¡Qué alegría más alta:
vivir en los pronombres!

Quítate ya los trajes,
las señas, los retratos;
yo no te quiero así,
disfrazada de otra,
hija siempre de algo.
Te quiero pura, libre,
irreductible: tú.
Sé que cuando te llame
entre todas las gentes
del mundo,
sólo tú serás tú.
Y cuando me preguntes
quién es el que te llama,
el que te quiere suya,
enterraré los nombres,
los rótulos, la historia.
Iré rompiendo todo
lo que encima me echaron
desde antes de nacer.
Y vuelto ya al anónimo
eterno del desnudo,
de la piedra, del mundo,
te diré:
»Yo te quiero, soy yo.«

40 Jahre

Suhrkamp Literatur

Ingeborg Bachmann / Elfriede Jelinek
Jürgen Becker · Uwe Kolbe · Silvio Blatter · Peter Handke
Werner Koch · Bodo Kirchhoff · Gerhard Meier
Josef Winkler · Georg Hensel · Hermann Hesse · Adolf Muschg
Hans Mayer · Ludwig Hohl · Paul Celan
Schriftenreihe des Uwe-Johnson-Archivs: Siegfried Unseld / Eberhard Fahlke · Peter Nöldechen · Spectaculum
Große kommentierte Berliner und Frankfurter Ausgabe: Bertolt Brecht · Kleine Reihe: Irene Dische
Angela Krauß · Cees Nooteboom · Polnische Bibliothek
Isabel Allende · Julio Cortázar
Eduardo Mendoza · Mario Vargas Llosa · Jurij Dombrowskij
Richard Ellmann · Octavio Paz · Karl Dedecius

Malina
Ein Filmbuch von Elfriede Jelinek
Nach dem Roman von Ingeborg Bachmann

Etwa 150 Seiten. Mit farbigen Filmfotos
Kartoniert. ca. DM 24,–
(Januar 91)

Malina ist wohl die denkbar ungewöhnlichste Dreiecksgeschichte: Zwei der Beteiligten sind in Wahrheit eine Person, »sind eins«, und doch ist jede Person »doppelt«. *Malina*, ein Buch über das Trauma weiblicher Identität – und nach den Worten von Ingeborg Bachmann nicht weniger als »ausdrücklich eine Autobiographie, aber nicht im herkömmlichen Sinn. Eine geistige imaginäre Autobiographie.«
Elfriede Jelinek, eine der provokativsten Autorinnen der Gegenwart, hat diese literarische Herausforderung angenommen und den *Malina*-Roman als Drehbuch nachgestaltet.
Der Film *Malina* soll im Januar 1991 in den Kinos starten.

Jürgen Becker
Das englische Fenster

Gedichte
Etwa 96 Seiten. Leinen. ca. DM 24,–
(August 90)

Wenn es Orte, Gegenden und Zeiten sind, die in Jürgen Beckers Gedichten so oft die Motive stiften, dann heißen sie in diesem neuen Band: Coventry und Leipzig, Warwickshire und Mitteldeutschland; dann reicht der zeitliche Zusammenhang vom Anfang der vierziger bis zum Ende der achtziger Jahre.
Ein Reiseerlebnis im November 1989 und eine Kindheitserinnerung an den November 1940 verweisen auf die Erfahrungen von Gleichzeitigkeit, wie Becker sie im Kontext seiner Gedichte zu vermitteln sucht: durch die Verschmelzung des gegenwärtig Erlebten mit der Erinnerung an vergangenes Geschehen, durch eine Vergegenwärtigung, die im Augenblick des Schreibens die Zeitgrenzen aufhebt.

Uwe Kolbe
Vaterlandkanal

Ein Fahrtenbuch
Etwa 90 Seiten. Engl. Broschur
ca. DM 22,– (August 90)

Vaterlandkanal ist Uwe Kolbes viertes Buch, eine vierte Lektion, die die Zeit verdeutlicht, die sich in einem einzelnen widerspiegelnde Geschichte unserer Zeit, die der Vaterländer und der wilden Reisen darin und darüber hinaus, immer wieder dieses schon nicht mehr durch Grenzziehung zu beschränkende *Hineingeboren*-Sein.
Uwe Kolbes Biographie versichert uns seiner Kompetenz: dreißig Jahre Ostberlin, drei Jahre Westen (inbegriffen das Abenteuer USA); zunächst Transportarbeiter, dann die »große Hoffnung der deutschen Gegenwartslyrik«. Franz Fühmann, der Mentor, der ihm in die Öffentlichkeit verhalf, schreibt im Nachwort zu Uwe Kolbes erstem Gedichtband, er hoffe, daß er durchhalten werde. Franz Fühmann hatte Gespür. Er hat durchgehalten, und nicht nur das.

Silvio Blatter
Das blaue Haus

Roman
Etwa 376 Seiten. Leinen. ca. DM 36,–
(August 90)

»Laß ihn nicht sterben, erzähl ihn wieder jung.«
Der Schweizer Autor Silvio Blatter läßt einen Vater der elfjährigen Tochter die abenteuerliche Lebensgeschichte des Großvaters Heinrich Zinn erzählen:

Mario Vargas Llosa
Der Geschichtenerzähler

Roman
Aus dem Spanischen von
Elke Wehr
Etwa 280 Seiten. Gebunden
ca. DM 34,–
(Juli 90)

Der neue große Roman des international berühmten Erzählers Vargas Llosa entwickelt in der spannend entfalteten Handlung um einen Indioforscher in den Urwäldern Perus und um einen verschollenen Forscher ein packendes und zeitgemäßes Thema: welchen Platz lassen wir dem »ganz anderen«, dem für uns erstaunlichen, aber gleichzeitig so ursprünglichen und natürlichen Leben?

Jurij Dombrowskij
Die Fakultät unnützer Dinge

Roman
Aus dem Russischen von
Heddy Pross-Weerth
Etwa 550 Seiten. Gebunden
ca. DM 48,–
(September 90)

Wir schreiben das Jahr 1937. Das Volkskommissariat für Innere Angelegenheiten (NKWD) in Alma-Ata, der Hauptstadt von Kasachstan, beabsichtigt, einen Schauprozeß zu inszenieren, der jenen in Moskau (1936/37) nicht nachstehen soll. Diese ›Reinigung‹ soll auch Alma-Ata von den ›Schädlingen‹ befreien, deren Denken und Bewußtsein in den Fakultäten »unnützer Dinge« gebildet worden sind. Die Sowjetmacht hat mit dem Rechtsempfinden, das in diesen Fakultäten gelehrt wurde, gebrochen und anstelle von Schuld das Prinzip der »Schädlichkeit«, anstatt Strafe das vom »Mittel des sozialen Schutzes« gesetzt.

Richard Ellmann
Vier Dubliner – Wilde, Yeats, Joyce und Beckett

Aus dem Englischen von
Wolfgang Held
Mit Abbildungen
Etwa 140 Seiten. Leinen
ca. DM 30,–
(September 90)

Das letzte Buch des brillanten Biographen und Oxfordprofessors umfaßt vier Essays, die aus Vorträgen entstanden sind, die der Gelehrte zwischen 1982 und 1985 an der Library of Congress in Washington hielt. Anhand neu entdeckter Dokumente und aufgrund von Gesprächen, die er selbst mit Angehörigen und Bezugspersonen der Autoren führte, deckt Ellmann ebenso furchtlos wie behutsam bisher weitgehend ungelüftete Geheimnisse der Dichterpsyche im Spannungsfeld sexueller, religiöser und existentieller Nöte auf.

Octavio Paz
In mir der Baum

Gedichte
Spanisch und deutsch
Übertragen von Rudolf Wittkopf
Etwa 380 Seiten. Leinen
ca. DM 64,–
(September 90)

Es wurde gesagt, Paz sei als Essayist Dichter und als Dichter Essayist. Tatsächlich ist bei diesem Autor das diskursive Denken stets verbunden mit einer analogischen Weltsicht, welche die Voraussetzung jedes Dichtens ist. Andererseits wird Paz' Dichtung, die im strahlkräftigen Bild gründet, immer vom Denken observiert und in Fluß gehalten.

Werner Koch
Altes Kloster

Erzählung
Etwa 190 Seiten. Gebunden
ca. DM 26,– (August 90)

Man sollte es nicht allzu wörtlich nehmen, das alte Kloster. Zwar geht es um ein klösterliches, ein der Abgeschiedenheit dienendes Haus, mit Zellen samt der ihnen eigenen Anspruchslosigkeit, die Bewohner des Klosters aber sind nicht Mönche, nicht Nonnen.
Eine kleine Gemeinschaft von Eingeschlossenen, Geschädigten, Ruhelosen, Ratlosen.
Eines Tages blieb der, der erzählt, allein zurück. Werner Koch erzählt die Lebensbeichte des Erzählers, eine radikale Preisgabe auf der Suche nach Befreiung.

Gerhard Meier
Land der Winde

Roman
Etwa 140 Seiten. Gebunden
ca. DM 24,– (August 90)

Land der Winde gleicht wie Gerhard Meiers unablässiges Schreiben dem Weben am großen Teppich von Erinnerungen, Eindrücken und Erlebnissen.
»So geht die Zeit dahin! Und es ist, als würde sie von Winden verweht, über die Meere hin, die sich ihrer bemächtigen, so daß die Brandung eigentlich hörbar gewordene Zeit wäre, von Menschen abgestottert.«
Land der Winde schreibt mit Worten musizierend Gerhard Meiers dichterische Gegenwelt fort, sein ein und einziges Lebensbuch, an dem er wie alle großen Autoren arbeitet.

Josef Winkler
Friedhof der bitteren Orangen

Roman
Etwa 400 Seiten. Gebunden
ca. DM 38,– (September 90)

»Ich zeichne mit meinen Worten einen Käfig um den Schrecken, bis der nächste Schrecken auf mich zukommt und mich zerfleischen will. Bevor er zum tödlichen Biß in meine Gurgel ansetzen kann, werfe ich das Netz meiner Sprache aus. Ist aber einmal der Schrecken schneller als meine Sprache, so bin ich eine Zeitlang vollkommen gelähmt, bis ich entschlüpfe und, mich versteckend vor aller Welt, an einem neuen Sprachnetz knüpfe, das ich bei der nächsten Gelegenheit dem Schrecken über den Kopf werfe.«
Dies ist der Roman von einem, der auszog, das Fürchten, das ihn am Leben hält, nicht zu verlernen.

Georg Hensel
Spiel's noch einmal

Das Theater der achtziger Jahre
Etwa 420 Seiten. Gebunden
ca. DM 44,– (Oktober 90)

Hensels Buch *Spiel's noch einmal* enthält mehr als vierzig Kritiken über neue Stücke von Achternbusch bis Bob Wilson und fast vierzig Kritiken über neue Inszenierungen der interessantesten Regisseure von Dieter Dorn bis Zadek. Es sind taufrische Augenzeugenberichte, alle – für die »Frankfurter Allgemeine Zeitung« – geschrieben am Morgen nach den Aufführungen.
Wer das Theater betrachtet, der betrachtet sich selbst. So ist Hensels Buch über das Theater der achtziger Jahre auch ein Buch über die Menschen dieses Jahrzehnts, über ihre Vorlieben, Hoffnungen und Narreteien.

Silvio Blatter

Peter Handke

Bodo Kirchhoff

»Kostümschneider und Lockensammler. Schausteller und Geschichtenerzähler. Weltreisender und Schwindler.
Mein Großvater.«
Das blaue Haus ist heute im Fluß der Kindheit verschwunden, vom Stausee verschluckt.
Aber wie in seinen Vorgängerromanen erhebt Silvio Blatter wieder seinen weit ausholenden epischen Einspruch. Auch wenn die Spuren gelöscht werden, muß das nicht das Ende bedeuten: wenn die Erinnerung zum Gedächtnis von Geschichte wird – wie in Silvio Blatters Roman *Das blaue Haus.*

Peter Handke
Versuch über die Jukebox

Erzählung

Etwa 160 Seiten. Leinen. ca. DM 25,–
(August 90)

Nach seinem *Versuch über die Müdigkeit*, wie angekündigt vom Autor, ein weiterer »Versuch«: über die Jukebox, jenes zu einem Mythos gewordene Musikgerät, und der Bedeutung dieses Gegenstandes für sein Leben. Zugleich ist diese Erzählung eine Reflexion über Bedingungen des Schreibens, im August des Jahres 1989, in dem die Menschheit für Peter Handke ihre Träume zu realisieren schien.

Bodo Kirchhoff
Infanta

Roman

Etwa 500 Seiten. Leinen. ca. DM 39,80
(August 90)

»Es ist eine Liebesgeschichte, Du kannst es mir glauben. Sie spielt sich in bemerkenswerter Stille ab, fast unmodern heimlich ...«
So berichtet einer von fünf alten Missionaren, Wegbereitern einer Liebe, die unaufhaltsam ihren Ruhestand erschüttert. Aus den abgeklärten Greisen werden ruhelose Männer, aus dem, was spielerisch begann, ein Drama. Bodo Kirchhoff erzählt von einer Kettenreaktion und ihren staunenden Zeugen, von der einzigen positiven Katastrophe, die das Leben bereithält, der Liebe.
Bodo Kirchhoff hat nicht nur einen großartigen Liebesroman, sondern auch einen Roman über die Liebe geschrieben. Der Erzähler erweist sich als sinnlicher Beobachter, als leidenschaftlicher Protokollant und welthaltiger Romancier.

Bibliothek Suhrkamp

Thomas Bernhard:
In der Höhe Rettungsversuch, Unsinn
BS 1058. ca. DM 14,80 (Oktober 90)

Jorge Ibargüengoitia:
Die toten Frauen
BS 1059. ca. DM 16,80 (Oktober 90)

Henry de Montherlant: Moustique
BS 1060. ca. DM 16,80 (November 90)

Carlo Emilio Gadda:
An einen brüderlichen Freund
BS 1061. ca. DM 18,80 (November 90)

Sandor Weöres: Der von Ungern
BS 1063. ca. DM 16,80 (Dezember 90)

Ernst Penzoldt: Der arme Chatterton
BS 1064. ca. DM 18,80 (Januar 91)

Giorgos Seferis: Alles voller Götter
BS 1065. ca. DM 24,80 (Januar 91)

Horst Krüger: Das zerbrochene Haus
BS 1066. ca. DM 18,80 (Februar 91)

Alain: Die Kunst, sich und andere zu erkennen
BS 1067. ca. DM 16,80 (Februar 91)

Rainer Maria Rilke:
Bücher – Theater – Kunst
BS 1068. ca. DM 22,80 (März 91)

Claude Ollier: Bildstörung
BS 1069. ca. DM 18,80 (März 91)

edition suhrkamp

Eine Auswahl literarischer Titel

Patrick Roth: Die Wachsamen
es 1614. ca. DM 14,– (Juli 90)

Ilma Rakusa: Steppe
es 1634. ca. DM 9,– (November 90)

Thomas Rosenlöcher:
Die verkauften Pflastersteine
es 1635. ca. DM 10,– (November 90)

Ulrich Plenzdorf: Zeit der Wölfe / Ein Tag länger als ein Leben
es 1638. ca. DM 9,– (Dezember 90)

Cees Nooteboom: Berliner Notizen
es 1639. ca. DM 14,– (Dezember 90)

Barbara Köhler: Deutsches Roulette
es 1642. ca. DM 9,– (Januar 91)

Adelaida Garcia Morales:
Das Schweigen der Sirenen
es 1647. ca. DM 12,– (Februar 91)

Werner Fritsch: Fleischwolf
es 1650. ca. DM 9,– (März 91)

Karl Dedecius
Lebenslauf aus Büchern und Blättern

Etwa 300 Seiten. Leinen. ca. DM 29,80 (September 90)

Der Friedenspreis des Deutschen Buchhandels 1990 ist Karl Dedecius zugesprochen worden. Zu Ehren dieses Ereignisses wird der *Lebenslauf aus Büchern und Blättern* vorgelegt, ein Buch, das eine ein halbes Jahrhundert währende Lebensarbeit widerzuspiegeln versucht. Karl Dedecius, Übersetzer aus der russischen, serbokroatischen, tschechischen, insbesondere aus der polnischen Sprache, hat sich der Aufgabe des Übersetzens seit dem fünfzehnten Lebensjahr verschrieben. Und seither folgte Buch um Buch. Diese Unermüdlichkeit seines Wirkens trug zur friedensfördernden Verständigung zwischen den Völkern bei. So entstanden Bücher als Brücke, als greifbares, haltbares Angebot.

Diese hier vorgestellten Neuerscheinungen finden Sie in allen Buchhandlungen. Andernfalls erklärt sich Ihr Buchhändler gerne bereit, jedes von Ihnen gewünschte Buch in kürzester Zeit zu besorgen.
Für weitere Informationen und Prospekte wenden Sie sich an Ihren Buchhändler oder direkt an den Verlag.
Fotonachweis: Jerry Bauer (Mario Vargas Llosa), Martin Eberle (Bodo Kirchhoff), Isolde Ohlbaum (Peter Handke), Andreas Pohlmann (Silvio Blatter), Ute Schendel (Eduardo Mendoza), Horst Tappe (Isabel Allende); weitere Nachweise über das Bildarchiv des Suhrkamp Verlags.
Suhrkamp Verlag, Lindenstraße, 6000 Frankfurt/M. 1. Preisänderungen vorbehalten. 7/90 (99323)

Spectaculum 50

Sechs moderne Theaterstücke und Materialien
208 Seiten. Gebunden. DM 28,–
Im Abonnement DM 24,–
(September 90)

Der hier angezeigte *Spectaculumband 50* soll dem in den Theatern Gegenwärtigen Rechnung tragen und will zugleich mit den publizierten Autoren einen größeren Zeitraum Gegenwartstheater nicht außer acht lassen.
Der 30seitige Materialienteil enthält neben biobibliographischen Angaben zu den Autoren Beiträge von Ulrich Bitz, Thomas Brasch, Volker Braun, E. M. Cioran, Benjamin Henrichs, Rolf Michaelis, Manfred Seiler, Botho Strauß und Sibylle Wirsing.

Samuel Beckett
»Nacht und Träume«
Deutsch von Elmar Tophoven

Thomas Bernhard
»Der Theatermacher«

Thomas Brasch
»Frauen · Krieg · Lustspiel«

Volker Braun
»Die Übergangsgesellschaft«

Hans Henny Jahnn
»Medea«
(Prosafassung von 1924)

Botho Strauß
»Besucher«

Nagelprobe 7

Texte des jungen Literaturforums Hessen
Mit einem Vorwort von Renate Wiggershaus
Etwa 96 Seiten. Kartoniert ca. DM 10,–
(Oktober 90)

Band 7
Stücke 7

Bearbeitet von Michael Voges
Etwa 420 Seiten
Leinenausgabe ca. DM 48,–
(bei Bestellung der Gesamtausgabe),
sonst ca. DM 64,–
Lederausgabe ca. DM 148,–
(bei Bestellung der Gesamtausgabe),
sonst ca. DM 164,–

Der Band enthält die Stücke *Der Aufstieg des Arturo Ui, Die Gesichte der Simone Machard, Schweyk* und *The Duchess of Malfi. An Adaption for the Modern Stage nach John Webster.*
Der Kommentar bietet zu jedem Stück neben den Angaben zu den Textgrundlagen und einer Übersicht mit den wichtigsten Daten eine ausführliche Entstehungs-, Text- und Wirkungsgeschichte sowie Sacherläuterungen in einem Zeilenkommentar.
Michael Voges ist Assistent am Deutschen Seminar der Universität Tübingen.

Große kommentierte Berliner und Frankfurter Ausgabe in 30 Bänden
Bertolt Brecht
Briefe an Marianne Zoff und Hanne Hiob

Herausgegeben von Hanne Hiob
Redaktion: Günter Glaeser
Mit zahlreichen Abbildungen
Etwa 250 Seiten. Leinen. ca. DM 34,–
Leder. ca. DM 92,–
(Herbst 90)

Der Band dokumentiert sehr Persönliches aus der Biographie Bertolt Brechts: er enthält einhundertvierundfünfzig Briefe und Postkarten von ihm an die Mezzosopranistin und »Spezialsängerin« Marianne Josephine Zoff sowie an die gemeinsame Tochter Hanne. Die unbekannten Zeugnisse werden von Hanne Hiob mit dieser Ausgabe erstmals zugänglich gemacht.

40 Jahre Suhrkamp Verlag

Zu seinem 40. Verlagsjubiläum legt der Suhrkamp Verlag im Herbst 1990 vier Lesebücher vor, die jeweils für ein Jahrzehnt die wichtigen literarischen Stationen seiner Geschichte in ausgewählten Texten nachzeichnen. Die vier Lesebücher geben einen repräsentativen Querschnitt durch die in den fünfziger, sechziger, siebziger und achtziger Jahren erschienenen Bücher des Verlages. Als Rückblick ein Leseerlebnis, aber auch ein Blick nach vorn, ein Blick vor allem auf die ersten Bücher junger Autoren, die in den achtziger Jahren publiziert wurden, eine Perspektive für kommende Jahrzehnte.

Suhrkamp Jahrzehntebücher
Einmalige Sonderausgabe
Fünf Bände, etwa 1800 Seiten
Kartoniert. ca. DM 50,–
Die Bände sind einzeln nur in Leinen lieferbar

Die fünfziger Jahre
Ein Suhrkamp-Lesebuch

Gebunden. Etwa 360 Seiten
ca. DM 25,–
(August 90)

Die sechziger Jahre
Ein Suhrkamp-Lesebuch

Gebunden. Etwa 360 Seiten
ca. DM 25,–
(August 90)

Die siebziger Jahre
Ein Suhrkamp-Lesebuch

Gebunden. Etwa 360 Seiten
ca. DM 25,–
(August 90)

Die achtziger Jahre
Ein Suhrkamp-Lesebuch

Gebunden. Etwa 360 Seiten
ca. DM 25,–
(August 90)

Suhrkamp Verlag
1950–1990
Eine Verlagsgeschichte

Mit zahlreichen Abbildungen und Dokumenten
Kartoniert. Etwa 240 Seiten
ca. DM 20,–
(August 90)

Die jetzt vierzigjährige Geschichte des Suhrkamp Verlages beginnt 1950 mit der Veröffentlichung von Büchern von Theodor W. Adorno, Walter Benjamin, T.S. Eliot, Max Frisch, Hermann Hesse, Bernard Shaw und Dolf Sternberger.
40 Jahre später kann der Verlag auf erfolgreich Geleistetes zurückblicken.
Die Verlagsgeschichte liest sich für Außenstehende wie für Eingeweihte gleichermaßen: interessant, informativ.

Suhrkamp Jahrzehntebücher und Verlagsgeschichte in Kassette
Leinen. Etwa 1800 Seiten
ca. DM 100,–

Paul Celan
Werke

Historisch-kritische Ausgabe
I. Abteilung: Lyrik und Prosa
Besorgt von der Bonner Arbeitsstelle für die Celan-Ausgabe: Beda Allemann, Rolf Bücher, Axel Gellhaus, Stefan Reichert
7. Band: Atemwende
Herausgegeben von Rolf Bücher
Band 7.1: Text. Etwa 144 Seiten
Band 7.2: Apparat. Etwa 268 Seiten
Leinen. ca. DM 140,–
(August 90)

Heute, sieben Jahre nach dem Erscheinen der *Gesammelten Werke* Celans, ist das Erscheinen der historisch-kritischen Edition anzuzeigen.
In der Geschichte der historisch-kritischen Editionen stellt es ein Novum dar, eine solche wissenschaftliche, den jeweiligen Text und seine Vorstufen in philologisch-kritischer und historisch-genetischer Darstellung erfassende Ausgabe wenige Jahre nach dem Tod eines Autors in Angriff zu nehmen.
Der Doppelband 7 enthält in seinem ersten Teil den Text von *Atemwende* (1967). Wie auch im Apparatteil ist hier an der von Celan festgelegten zyklischen Gliederung der Gedichte festgehalten.
Im Apparatteil (Bd. 7.2) gibt die »Editorische Vorbemerkung« einige grundsätzliche Hinweise zur historisch-kritischen Celan-Ausgabe und deutet auf besondere Probleme des Bandes *Atemwende* hin.

Siegfried Unseld/ Eberhard Fahlke
Uwe Johnson: Für wenn ich tot bin

Mit zahlreichen Abbildungen
Schriften des Uwe-Johnson-Archivs, Band 1
Etwa 160 Seiten. Engl. Broschur
ca. DM 24,– (Oktober 90)

Uwe Johnson, dies versucht der ›Leser‹ Siegfried Unseld aufzuzeigen, hatte eine ganz ureigene Beziehung zu seinen Figuren als lebendigen Menschen, »seine Leute waren keine Tante Emma für ihn«.
Uwe Johnson hat die Kraft seiner Erfindung und Intuition ergänzt durch sorgfältige und bewußte Arbeit: bei der Beobachtung, bei der Lektüre, der Dokumentierung, der Recherche in Korrespondenz mit Zeitgenossen und in einer peinlichen Gewissenhaftigkeit beim Studium von Belegen, Statistiken, Kursbüchern, Zeitungsberichten. Das Uwe-Johnson-Archiv verfügt über diese Materialien und hat sie gesammelt, gesichtet und in einer Datenbank für alle Interessenten festgehalten.

Peter Nöldechen
Kleines Bilderbuch von Jerichow und Umgebung

Spurensuche im Mecklenburg der Cresspahls
Schriften des Uwe-Johnson-Archivs, Band 2
Etwa 160 Seiten. Engl. Broschur
ca. DM 24,– (Oktober 90)

Die Personen und zentralen Stätten der Romane Uwe Johnsons sind in seine Fiktion eingeschmolzen. Konkret bedeutet dies für die *Jahrestage*: Die zentralen Orte wie Jerichow, Rande und Gneez sind fiktiv. Alle anderen von Johnson genannten Orte zwischen Klütz an der nordwestlichen Grenze Mecklenburgs (unmittelbar neben Lübeck gelegen) und dem Müritzsee bei Waren sind im Atlas zu finden.
Das mit zahlreichen Abbildungen gut dokumentierte Resultat dieser Spurensuche belegt, daß die Erfindungen dieses Autors die mecklenburgische Realität in allen Details wiedergibt und verweist damit zugleich darauf, daß Uwe Johnsons poetische Zuspitzungsarbeit die Merkmale von Land und Leuten prägnant und nachvollziehbar erfahrbar macht.

Die Briefe an Marianne Zoff stammen vor allem aus den zwanziger Jahren, die an Tochter Hanne Hiob reichen bis in die vierziger Jahre.
Vorgelegt werden Dokumente, durch die manche »weiße Flecken« der Biographie farbig werden.
Günter Glaeser vom Bertolt-Brecht-Archiv in Berlin/DDR hat die Handschriften transkribiert, Datierungen erschlossen und die gesamte Korrespondenz mit Sacherläuterungen versehen.

Polnische Bibliothek
Władisław Terlecki
Die zwei Köpfe des Adlers

Roman
Aus dem Polnischen übersetzt von Monika Wrosek-Müller
Mit einem Nachwort versehen von Michael G. Müller
Etwa 260 Seiten. Leinen. ca. DM 32,–
(September 90)

Die zwei Köpfe des Adlers, Terleckis bisher bekannteste Prosaarbeit von 1970, ist ein historischer Roman besonderer Art. Das geschichtliche Ereignis – der polnische Aufstand von 1863 gegen die russische Teilungsherrschaft – liefert ihm nicht nur Stoff und Szenerie für eine Erzählhandlung. Vielmehr werden auch die Geschichtsbilder und Geschichtsmythen, die sich an Polens nationale Aufstände knüpfen, hier zum Thema.

Kleine Reihe
Irene Dische
Der Doktor braucht ein Heim

Erzählung
Aus dem Amerikanischen von Reinhard Kaiser
Etwa 48 Seiten. Bütten-Broschur
ca. DM 16,80
(August 90)

Was uns hier die Sprache verschlägt? »Die Kunst der Andeutung des hinterrücks hereinbrechenden Schreckens«, wie es Rainer Traub in seiner Kritik zu den *Frommen Lügen* genannt hat. Und die Kunst Irene Disches, »ihre Geschöpfe so zu lassen, wie sie sind«. Sie läßt den Doktor sich erinnern, sie ordnet nicht, reagiert auf Vorhandenes, Gewesenes, Nichtvorhandenes, auf Befinden und Empfinden. »Diese Autorin beherrscht ihr Metier.«

Angela Krauß
Der Dienst

Etwa 50 Seiten. Bütten-Broschur
ca. DM 16,80
(August 90)

Eine Tochter porträtiert ein Vaterleben: »In meiner ausgehenden Kindheit war er der vollkommene Entwurf der Welt, die mich erwartete.« Die Leipziger Autorin Angela Krauß erhielt für die erste Fassung dieser filigranen Erzählung den Ingeborg-Bachmann-Preis 1988.

Cees Nooteboom
Mokusei!

Eine Liebesgeschichte
Aus dem Niederländischen von Helga van Beuningen
Etwa 80 Seiten. Bütten-Broschur
ca. DM 18,80
(September 90)

Cees Nootebooms Buch, so einfach anmutend und doch kunstvoll arrangiert, diese Geschichte einer zweifachen Obsession, die des Fotografen, der ein Beobachter ist, und die des Liebenden, der ein Blinder ist, ist die Suche nach einem Ideal, das Dauer wider die Vergänglichkeit verleiht; nach einer verstehbaren, nicht unergründlichen, japanischen Welt, nach einer Wahrheit jenseits aller Trivialitäten.

Isabel Allende

Eduardo Mendoza

Mario Vargas Llosa

Isabel Allende
Geschichten der Eva Luna

Aus dem Spanischen von
Lieselotte Kolanoske
Etwa 380 Seiten. Gebunden
ca. DM 38,–
(Juli 90)

Eva Luna, eine moderne Scheherazade, erzählt 23 unerhörte Begebenheiten aus Lateinamerika, Geschichten, die geprägt sind von Erotik, Leidenschaft, Gewalt – und übermütigem Humor. Ein buntes Bild Südamerikas entsteht: magisch beschworen und augenzwinkernd herbeigezaubert.

Julio Cortázar
Unzeiten

Erzählungen
Aus dem Spanischen
von Rudolf Wittkopf
Etwa 180 Seiten. Leinen
ca. DM 30,–
(September 90)

Unzeiten enthält acht Erzählungen, durch die sich als roter – ins Schwärzliche changierender – Faden das Motiv der ›Unzeit‹ zieht, womit nicht nur das zur Unzeit Geschehene benannt ist, sondern auch jene ›andere Zeit‹, die den Raum der Vorstellung erfüllt, das Territorium zwischen Alltäglichkeit und plötzlicher Verstörung, das diese Erzählungen vermessen. Der Autor ist Entdecker und unbeirrter, eindringlicher Schilderer der Begebenheiten in diesem Zwischenbereich, und was anfangs und von ferne wie die noch rätselhaften Züge einer fremden Landschaft erscheint, erweist sich als das Doppelgesicht unserer eigenen Welt.

Eduardo Mendoza
Das Geheimnis der verhexten Krypta

Roman
Aus dem Spanischen von
Peter Schwaar
Etwa 230 Seiten. Gebunden
ca. DM 32,–
(August 90)

Das Geheimnis der verhexten Krypta ist die wunderbar geglückte Mischung aus einem »Gossenheldenroman« pikaresken Zuschnitts und einem »Großstadtkrimi«. Ein Mädchen verschwindet aus einem Internat für höhere Töchter, die Lösung des Falls ist verzwickt und erfordert einen wahrhaft ungewöhnlichen Einsatz.

Hermann Hesse
Tessin

Betrachtungen und Gedichte
Mit ca. 32 Aquarellen des Verfassers
Herausgegeben und eingeleitet
von Volker Michels
Etwa 350 Seiten. Leinen. ca. DM 40,–
(September 90)

Nicht nur in Erzählungen wie *Klingsors letzter Sommer, Klein und Wagner* oder dem Skizzenbuch *Wanderung* hat Hesse die üppige Berg- und Seenlandschaft südlich des St. Gotthard geschildert, sondern ihr auch in zahlreichen weniger bekannten Betrachtungen, Gedichten und Aquarellen ein Loblied gesungen. Die schönsten dieser Arbeiten faßt unser Band zusammen. Es sind Liebeserklärungen an eine wahlverwandte Region, die diesen Dichter, als er sie dreißigjährig erstmals gründlicher kennenlernte, »stets wie eine vorbestimmte Heimat und wie ein ersehntes Asyl« anzog.

Adolf Muschg
Die Schweiz am Ende
Am Ende die Schweiz

Erinnerungen an mein Land vor 1991
Etwa 200 Seiten. Kartoniert
ca. DM 20,– (Oktober 90)

»Die Tatsache, daß Organe der Bundespolizei (und der Armee) seit Jahrzehnten etwa ein Fünftel der Wohnbevölkerung systematisch – wenn auch dilettantisch – bespitzeln, hat in der Schweiz eben jene Erschütterung ausgelöst, die mit diesem selbstverräterischen Staatschutz verhindert werden sollte: Wie unsicher ist dieser Staat? Wenn er glaubt, seinen Bürgern so wenig trauen zu können: wofür steht er noch, worauf gründet er sich? Die Antwort wurde der Schweiz in Zeiten äußerer Bedrohung von einem Feindbild abgenommen; jetzt, wo dasjenige im Osten verblaßt, müssen die Schweizer sie sich selber geben und stellen fest, daß sie darauf sehr wenig vorbereitet sind.«

Hans Mayer
Abend der Vernunft

Reden und Vorträge 1985–1990
Etwa 320 Seiten. Leinen. ca. DM 36,–
(September 90)

Die fünfzehn Redetexte des vorliegenden Bandes entstanden zwischen 1985 und 1990. Reden eines Achtzigjährigen. Man muß und soll es ihnen anmerken: an der Thematik wie an der Art des Redens. So schreibt Hans Mayer in seinem Vorwort.
Nach Jahr und Tag, die erste Sammlung von Reden und Vorträgen Mayers, behandelt die großen Themen der kulturellen Überlieferung und ist in hohem Maße, ebenso wie der zweite Band *Aufklärung heute*, als Rhetorik eines Zeitgenossen zu verstehen.
Der nun vorliegende Band steht im Zeichen des Berichtens von der eigenen Erfahrung und in der Ersten Person. Erinnerungsarbeit, Erzählwerk, Abschiedsreden und schließlich »Reden über das eigene Land: Deutschland«.

Ludwig Hohl
Und eine neue Erde

Herausgegeben von Johannes Beringer
Etwa 200 Seiten. Leinen. ca. DM 32,–
(August 90)

Diese Ausgabe der frühen Prosaarbeiten *Und eine neue Erde* vereinigt Erzählungen, Impressionen und epische Skizzen aus den zwanziger und dreißiger Jahren von Ludwig Hohl (1904–1980). Die Prosastücke sind geprägt von der noch jugendlich intensiven Selbstsuche des Dichters, der Züge von Selbstherrlichkeit und Selbstzweifel, Emphase und Zurückhaltung, Eigensinn und Beharrlichkeit eigen sind. Aber es zeichnet sich bereits der für Hohl so typische Denk- und Schreibprozeß ab: Das Begriffliche ringt mit dem Anschaulichen – der Versuch einer genauen Detailbeobachtung mündet in ein sich ständig korrigierendes Schreiben.

Zum Leben verlange ich keine
Inseln, Paläste, Türme.
Die allergrößte Freude:
in Pronomen leben!

Fort mit den Kleidern,
den Kennzeichen, den Porträts;
so will ich dich nicht,
verkleidet als eine andere,
stets die Tochter von irgendwas.
Ich will dich rein, frei,
einzig: dich selbst.
Ich weiß, wenn ich dich rufe
unter allen Völkern
der Welt,
nur du bist du.
Und wenn du mich fragst,
wer ist's, der dich ruft,
dich als die Seine will,
begrab ich die Namen,
die Schilder, die Geschichte.
Ich zerschlage alles,
was man mir aufgepackt
schon vor der Geburt.
Und zurückgekehrt zum namenlos
Ewigen der Nacktheit,
des Steins, der Welt,
werd ich dir sagen:
»Ich liebe dich, ich bin's.«

Qué día sin pecado!
La espuma, hora tras hora,
infatigablemente,
fue blanca, blanca, blanca.
Inocentes materias,
los cuerpos y las rocas
– desde cenit total
mediodía absoluto –
estaban
viviendo de la luz,
y por la luz y en ella.
Aún no se conocían
la conciencia y la sombra.
Se tendía la mano
a coger una piedra,
una nube, una flor,
un ala.
Y se las alcanzaba
a todas, porque era
antes de las distancias.
El tiempo no tenía
sospechas de ser él.
Venía a nuestro lado,
sometido y elástico.
Para vivir despacio,
de prisa, le decíamos:
»Para«, o »Echa a correr«.
Para vivir, vivir
sin más, tú le decías:
»Vete.«
Y entonces nos dejaba
ingrávidos, flotantes

Welch makelloser Tag!
Der Schaum, Stunde um Stunde,
unermüdlich,
war weiß, weiß, weiß.
Unschuldige Materie,
die Körper und die Felsen
– unter totalem Zenit,
im absoluten Mittag –,
sie lebten
vom Licht
und durch Licht und in ihm.
Noch kannte man nicht
das Bewußtsein und den Schatten.
Man streckte die Hand aus,
zu greifen nach einem Stein,
einer Wolke, einer Blume,
einem Flügel.
Und man erlangte
sie alle, denn noch
gab es keine Distanzen.
Die Zeit
wußte noch nicht um sich.
Sie kam zu uns,
fügsam und geschmeidig.
Um langsam zu leben
oder schnell, sagten wir ihr:
»Halt inne!« oder »Beeil dich!«
Um zu leben, um nichts weiter
als zu leben, sagtest du ihr:
»Geh!«
Und sie ließ uns zurück
schwerelos, schwebend

en el puro vivir
sin sucesión,
salvados de motivos,
de orígenes, de albas.
Ni volver la cabeza
ni mirar a lo lejos
aquel día supimos
tú y yo. No nos hacía
falta. Besarnos, sí.
Pero con unos labios
tan lejos de su causa,
que lo estrenaban todo,
beso, amor, al besarse,
sin tener que pedir
perdón a nadie, a nada.

im reinen Leben
ohne Chronologie,
ledig der Beweggründe,
Anfänge, Morgenröten.
Den Kopf zu wenden,
in die Ferne zu blicken
vermochten wir nicht, du und ich,
an jenem Tag. Und wir brauchten
es auch nicht. Uns küssen, ja.
Aber mit Lippen,
so ganz ohne Anlaß,
daß alles neu war,
Kuß, Liebe, beim Küssen:
Wir hatten niemand und nichts
um Verzeihung zu bitten.

Sí, todo con exceso:
la luz, la vida, el mar!
Plural todo, plural,
luces, vidas y mares.
A subir, a ascender
de docenas a cientos,
de cientos a millar,
en una jubilosa
repetición sin fin,
de tu amor, unidad.
Tablas, plumas y máquinas,
todo a multiplicar,
caricia por caricia,
abrazo por volcán.
Hay que cansar los números.
Que cuenten sin parar,
que se embriaguen contando,
y que no sepan ya
cuál de ellos será el último:
¡qué vivir sin final!
Que un gran tropel de ceros
asalte nuestras dichas
esbeltas, al pasar,
y las lleve a su cima.
Que se rompan las cifras,
sin poder calcular
ni el tiempo ni los besos.
Y al otro lado ya
de cómputos, de sinos,
entregarnos a ciegas
– ¡exceso, qué penúltimo! –
a un gran fondo azaroso

Ja, alles im Übermaß:
das Licht, das Leben, das Meer!
Mehrzahl alles, Mehrzahl,
Lichter, Leben und Meere.
Hinauf, höher,
von Dutzenden zu Hunderten,
von Hunderten zu Tausend
in jubelnder
endloser Wiederholung
deiner Liebe – Einheit.
Tafeln, Federn und Maschinen,
alles multiplizieren,
Liebkosung mit Liebkosung,
Umarmung mit Vulkan.
Ermüden muß man die Zahlen.
Unaufhörlich sollen sie zählen,
sich am Zählen berauschen
und nicht mehr wissen,
welche von ihnen die letzte sein wird:
Welch Leben ohne Ende!
Soll eine große Schar Nullen
unser schlankes Glück erstürmen,
es mit sich reißen
und auf seinen Gipfel führen.
Sollen zerbrechen die Ziffern,
nicht mehr berechnen können
die Zeit und die Küsse.
Und jenseits nun
von Kalkül und von Schicksal,
blind uns hingeben
– Exzeß, zum vorletzten Mal! –
einer großen gefährlichen Tiefe,

que irresistiblemente
está
cantándonos a gritos
fúlgidos de futuro:
»Eso no es nada, aún.
Buscaos bien, hay más.«

die unwiderstehlich
uns
zuruft mit beschwörender Stimme,
die schimmert von Zukunft:
»Das ist noch gar nichts.
Erforscht euch, es gibt mehr.«

Qué alegría, vivir
sintiéndose vivido.
Rendirse
a la gran certidumbre, oscuramente,
de que otro ser, fuera de mí, muy lejos,
me está viviendo.
Que cuando los espejos, los espías,
azogues, almas cortas, aseguran
que estoy aquí, yo, inmóvil,
con los ojos cerrados y los labios,
negándome al amor
de la luz, de la flor y de los nombres,
la verdad trasvisible es que camino
sin mis pasos, con otros,
allá lejos, y allí
estoy besando flores, luces, hablo.
Que hay otro ser por el que miro el mundo
porque me está queriendo con sus ojos.
Que hay otra voz con la que digo cosas
no sospechadas por mi gran silencio;
y es que también me quiere con su voz.
La vida – ¡qué transporte ya! –, ignorancia
de lo que son mis actos, que ella hace,
en que ella vive, doble, suya y mía.
Y cuando ella me hable
de un cielo oscuro, de un paisaje blanco,
recordaré
estrellas que no vi, que ella miraba,
y nieve que nevaba allá en su cielo.
Con la extraña delicia de acordarse
de haber tocado lo que no toqué
sino con esas manos que no alcanzo

Welche Freude, zu leben,
zu fühlen, gelebt zu werden.
Dunkel
der großen Gewißheit sich hinzugeben,
daß außerhalb meiner, sehr fern,
ein anderes Sein mich lebt.
Und wenn die Spione, die Spiegel
– quecksilbrig, kurzsichtig – behaupten,
daß ich hier sei, ich, regungslos,
mit geschlossenen Augen und Lippen,
der Liebe zum Licht mich verweigernd,
zur Blume und zu den Namen,
so ist doch ganz offensichtlich,
daß ich umhergehe, nicht mit meinen,
mit anderen Schritten, in weiter Ferne, und dort
Blumen küsse, Lichter seh, spreche.
Daß es ein anderes Sein gibt, durch das ich die Welt betrachte,
weil es mit seinen Augen mich liebt.
Daß es eine andere Stimme gibt, mit der ich Dinge sage,
die mein großes Schweigen nicht ahnte;
denn es liebt mich auch mit seiner Stimme.
Das Leben – welche Begeisterung jetzt! – sie weiß nicht,
was ich tue, was sie tut, worin
sie lebt, doppelt, ihr Leben und meins.
Und sollt sie mir sprechen
von einem dunklen Himmel, von einer weißen Landschaft,
werde ich mich an Sterne erinnern,
die ich nie erblickt, die sie aber sah,
und an Schnee, der dort in seinem Himmel schneite.
Mit der seltsamen Wonne einer Erinnerung,
berührt zu haben, was ich nicht berührt,
außer mit jenen Händen, den fernen,

a coger con las mías, tan distantes.
Y todo enajenado podrá el cuerpo
descansar, quieto, muerto ya. Morirse
en la alta confianza
de que este vivir mío no era sólo
mi vivir: era el nuestro. Y que me vive
otro ser por detrás de la no muerte.

die ich mit meinen nicht zu ergreifen vermag.
Und ganz entrückt, wird der Körper
ruhen können, still, schon tot. Sterben
im vollen Vertrauen darauf,
daß dieses mein Leben nicht meins
nur war: es war unseres. Und daß hinter dem Nichttod
ein anderes Sein mich lebt.

Afán
para no separarme
de ti, por tu belleza.

Lucha
por no quedar en donde quieres tú:
aquí, en los alfabetos,
en las auroras, en los labios.

Ansia
de irse dejando atrás
anécdotas, vestidos y caricias,
de llegar,
atravesando todo
lo que en ti cambia,
a lo desnudo y a lo perdurable.

Y mientras siguen
dando vueltas y vueltas, entregándose,
engañándose,
tus rostros, tus caprichos y tus besos,
tus delicias volubles, tus contactos
rápidos con el mundo,
haber llegado yo
al centro puro, inmóvil, de ti misma.
Y verte cómo cambias
– y lo llamas vivir –
en todo, en todo, sí,
menos en mí, donde te sobrevives.

Eifer,
nicht mich zu trennen
von dir, deiner Schönheit wegen.

Kampf,
um nicht zu bleiben, wo du mich haben möchtest:
hier, in den Alphabeten,
in den Morgenröten, auf den Lippen.

Begierde,
wegzugehen, hinter mich zu lassen
Anekdoten, Kleider, Liebkosungen
und zu gelangen,
durch alles hindurch,
was in dir sich verändert,
zum Nackten und Dauerhaften.

Und während sie weiter
tändeln und tändeln, sich hingeben
und sich betrügen,
deine Gesichter, Launen und Küsse,
deine flüchtigen Freuden, deine flinken
Beziehungen zur Welt,
bin ich gelangt ins reine,
stille Zentrum deiner selbst
und sehe, wie du dich veränderst
– und das nennst du leben –
in allem, ja, in allem,
außer in mir, wo du dich überlebst.

Yo no puedo darte más.
No soy más que lo que soy.

¡Ay, cómo quisiera ser
arena, sol, en estío!
Que te tendieses
descansada a descansar.
Que me dejaras
tu cuerpo al marcharte, huella
tierna, tibia, inolvidable.
Y que contigo se fuese
sobre ti, mi beso lento:
color,
desde la nuca al talón,
moreno.

¡Ay, cómo quisiera ser
vidrio, o estofa o madera
que conserva su color
aquí, su perfume aquí,
y nació a tres mil kilómetros!
Ser
la materia que te gusta,
que tocas todos los días
y que ves ya sin mirar
a tu alrededor, las cosas
– collar, frasco, seda antigua –
que cuando tú echas de menos
preguntas: »¡Ay!, ¿dónde está?«

¡Y, ay, cómo quisiera ser
una alegría entre todas,

Mehr kann ich dir nicht geben.
Ich bin nicht mehr, als ich bin.

Ach, wie gern möcht ich sein
Sand und Sonne, im Sommer!
Daß du dich ausstreckst,
um in Ruhe zu ruhen.
Daß du mir zurückläßt
deinen Körper, wenn du gehst,
seinen zarten, lauen, unvergeßlichen Abdruck.
Und daß mit dir geht, an dir haftend,
mein langsamer Kuß:
dunkel,
vom Nacken bis zur Ferse,
braun.

Ach, wie gern möcht ich sein
Glas, Brokat oder Holz,
das hier seine Farbe bewahrt,
hier seinen Duft,
wiewohl entstanden in dreitausend Kilometern!
Sein
die Materie, die dir gefällt,
die jeden Tag du berührst
und die du siehst, ringsum,
ohne noch hinzusehen, die Dinge
– Halsband, Flakon, alte Seide –,
die du fragst, wenn du sie vermißt:
»Ach, wo ist das geblieben?«

Und ach, wie gern möcht ich sein
eine Freude unter all den Freuden,

una sola, la alegría
con que te alegraras tú!
Un amor, un amor solo:
el amor del que tú te enamorases.

Pero
no soy más que lo que soy.

eine einzige nur, die Freude,
die dich erfreuen würde!
Eine Liebe, eine einzige Liebe:
die Liebe, in die du dich verlieben würdest.

Aber
ich bin nicht mehr, als ich bin.

Despierta. El día te llama
a tu vida: tu deber.
Y nada más que a vivir.
Arráncale ya a la noche
negadora y a la sombra
que lo celaba, ese cuerpo
por quien aguarda la luz
de puntillas, en el alba.
Ponte en pie, afirma la recta
voluntad simple de ser
pura virgen vertical.
Tómale el temple a tu cuerpo.
¿Frío, calor? Lo dirá
tu sangre contra la nieve,
de detrás de la ventana;
lo dirá
el color en tus mejillas.
Y mira al mundo. Y descansa
sin más hacer que añadir
tu perfección a otro día.
Tu tarea
es llevar tu vida en alto,
jugar con ella, lanzarla
como una voz a las nubes,
a que recoja las luces
que se nos marcharon ya.
Ese es tu sino: vivirte.
No hagas nada.
Tu obra eres tú, nada más.

Wach auf. Es ruft dich der Tag
zu deinem Leben: deiner Pflicht.
Zu nichts als zu leben.
Entreiße der Nacht,
die verneinte, und den Schatten,
die ihn verbargen, diesen Körper, den,
auf Zehenspitzen,
das Licht des Morgens erwartet.
Steh auf, folge dem geraden Willen,
dem schlichten, die reine
aufrechte Jungfrau zu sein.
Miß das Temperament deines Körpers.
Kalt, warm? Dein Blut wird's dir sagen,
gemessen am Schnee
hinter dem Fenster;
es wird dir sagen
die Farbe auf deinen Wangen.
Und betrachte die Welt. Und raste,
füg nur einem weiteren Tag
deine Vollkommenheit hinzu.
Deine Aufgabe ist,
dein Leben in der Höhe zu halten,
spiele mit ihm, schleudere es
in die Wolken, wie eine Stimme,
damit es die Lichter sammle,
die uns schon entschwunden sind.
Dies ist dein Schicksal: dich leben.
Tu nichts.
Dein Werk bist du, weiter nichts.

La luz lo malo que tiene
es que no viene de ti.
Es que viene de los soles,
de los ríos, de la oliva.
Quiero más tu oscuridad.

La alegría
no es nunca la misma mano
lo que me la da. Hoy es una,
otra mañana, otra ayer.
Pero jamás es la tuya.
Por eso siempre te tomo
la pena, lo que me das.
Los besos los traen los hilos
del telégrafo, los roces
con noches densas,
los labios del porvenir.
Y vienen, de donde vienen.
Yo no me siento besar.

Y por eso no lo quiero,
ni se lo quiero deber
no sé a quién.
A ti debértelo todo
querría yo.
¡Qué hermoso el mundo, qué entero
si todo, besos y luces,
y gozo,
viniese sólo de ti!

Das Schlimme am Licht ist,
es kommt nicht von dir.
Es kommt von den Sonnen,
den Flüssen, von der Olive.
Mehr liebe ich dein Dunkel.

Nie ist's dieselbe Hand,
die mir die Freude schenkt.
Heute ist's die eine, morgen die andere,
wieder eine andere gestern.
Doch nie ist's die deine.
Deshalb nehme ich immer von dir,
was du mir gibst, das Leid.
Die Küsse, sie kommen aus Telegraphendrähten,
von den Berührungen
mit dichten Nächten,
von den Lippen der Zukunft.
Und sie kommen, woher sie kommen.
Ich fühle nicht, daß ich küsse.

Und deshalb will ich es nicht,
noch will ich's irgend jemand
verdanken.
Alles nur dir verdanken
möcht ich.
Wie schön die Welt, wie vollkommen,
wenn alles, Küsse und Licht,
und Wonne,
käme allein von dir!

Regalo, don, entrega?
Símbolo puro, signo
de que me quiero dar.
Qué dolor, separarme
de aquello que te entrego
y que te pertenece
sin más destino ya
que ser tuyo, de ti,
mientras que yo me quedo
en la otra orilla, solo,
todavía tan mío.
Cómo quisiera ser
eso que yo te doy
y no quien te lo da.
Cuando te digo:
»Soy tuyo, sólo tuyo«,
tengo miedo a una nube,
a una ciudad, a un número
que me pueden robar
un minuto al amor
entero a ti debido.
¡Ah!, si fuera la rosa
que te doy; la que estuvo
en riesgo de ser otra
y no para tus manos,
mientras no llegué yo.
La que no tendrá ahora
más futuro que ser
con tu rosa, mi rosa,
vivida en ti, por ti,
en su olor, en su tacto.
Hasta que tú la asciendas

Geschenk, Gabe, Hingabe?
Reines Symbol, ein Zeichen,
daß ich mich schenken will.
Wie schmerzt es, mich zu trennen
von dem, was ich dir gebe
und das dir allein zukommt
ohne andere Bestimmung,
als dein zu sein, ganz dein,
während ich zurückbleibe
am anderen Ufer, alleine,
immer noch ganz mein.
Wie gern möchte ich sein,
was ich dir schenke, und nicht
der es dir schenkt.
Sage ich dir:
»Ich bin dein, dein allein«,
habe ich Angst, eine Wolke,
eine Stadt, eine Zahl
könnten der Liebe, der ganzen,
die dir ich verdanke,
eine Minute stehlen.
Ach, wär' ich die Rose,
die ich dir schenke
und die Gefahr lief, eine andere
und nicht für deine Hände zu sein,
solang ich nicht kam.
Sie, die jetzt mehr Zukunft nicht hat,
als mit deiner Rose
meine Rose zu sein,
gelebt in dir, durch dich,
in ihrer Zartheit, in ihrem Duft.
Bis du sie erhebst

sobre su deshojarse
a un recuerdo de rosa,
segura, inmarcesible,
puesta ya toda a salvo
de otro amor u otra vida
que los que vivas tú.

über ihr Entblättern hinaus,
zu ihrer bloßen Erinnerung,
außer Gefahr, unverwelkbar,
in völliger Sicherheit jetzt
vor anderer Liebe, anderem Leben,
als du lebst.

El sueño es una larga
despedida de ti.
¡Qué gran vida contigo,
en pie, alerta en el sueño!
¡Dormir el mundo, el sol,
las hormigas, las horas,
todo, todo dormido,
en el sueño que duermo!
Menos tú, tú la única,
viva, sobrevivida,
en el sueño que sueño.

Pero sí, despedida:
voy a dejarte. Cerca,
la mañana prepara
toda su precisión
de rayos y de risas.
¡Afuera, afuera, ya,
lo soñado, flotante,
marchando sobre el mundo,
sin poderlo pisar
porque no tiene sitio,
desesperadamente!

Te abrazo por vez última:
eso es abrir los ojos.
Ya está. Las verticales
entran a trabajar,
sin un desmayo, en reglas.
Los colores ejercen
sus oficios de azul,
de rosa, verde, todos

Der Schlaf ist ein langer
Abschied von dir.
Welch großes Leben mit dir,
aufrecht, wachsam im Traum!
Sollen schlafen die Welt, die Sonne,
die Ameisen, die Stunden,
alles, alles eingeschlafen,
im Schlaf, den ich schlafe!
Nur du nicht, die einzige,
lebendig, fortlebend
im Traum, den ich träume.

Aber ja, Abschied:
ich werd dich verlassen.
Schon übt sich der Morgen
in all seiner Präzision
von Strahlen und Lachen.
Hinaus, hinaus nun, es zieht
das Geträumte, schwebend,
hin über die Welt,
kann sie nicht betreten,
denn da ist keine Hoffnung: sie findet
auf ihr keinen Platz.

Ein letztes Mal umarme ich dich:
das heißt die Augen öffnen.
Schon geschehn. Die Vertikalen
beginnen zu arbeiten,
unablässig, den Regeln gerecht.
Die Farben verrichten
ihr Amt als Blau,
als Rosa, als Grün, alle

a la hora en punto. El mundo
va a funcionar hoy bien:
me ha matado ya el sueño.
Te siento huir, ligera,
de la aurora, exactísima,
hacia arriba, buscando
la que no se ve estrella,
el desorden celeste,
que es sólo donde cabes.
Luego, cuando despierto,
no te conozco, casi,
cuando, a mi lado, tiendes
los brazos hacia mí
diciendo: »¿Qué soñaste?«
Y te contestaría:
»No sé, se me ha olvidado«,
si no estuviera ya
tu cuerpo limpio, exacto,
ofreciéndome en labios
el gran error del día.

auf die Minute genau. Die Welt
wird gut funktionieren heute:
hat mich schon um den Schlaf gebracht.
Ich fühle dich fliehen, leichthin,
vor der pünktlichen Morgenröte,
um hoch oben zu suchen,
was man nicht sieht, den Stern,
die himmlische Unordnung,
wo allein ist dein Platz.
Und dann, wenn ich erwache,
kenn ich dich beinah nicht,
wenn du, an meiner Seite,
die Arme nach mir ausstreckst
und sagst: »Was hast du geträumt?«
Ich gäb dir zur Antwort: »Ich weiß nicht,
ich hab es vergessen«,
wär' da jetzt nicht doch
dein reiner, so präziser Körper,
der auf Lippen mir bietet
den großen Irrtum des Tages.

Cuando cierras los ojos
tus párpados son aire.
Me arrebatan:
me voy contigo, adentro.

No se ve nada, no
se oye nada. Me sobran
los ojos y los labios,
en este mundo tuyo.
Para sentirte a ti
no sirven
los sentidos de siempre,
usados con los otros.
Hay que esperar los nuevos.
Se anda a tu lado
sordamente, en lo oscuro,
tropezando en acasos,
en vísperas; hundiéndose
hacia arriba
con un gran peso de alas.

Cuando vuelves a abrir
los ojos yo me vuelvo
afuera, ciego ya,
tropezando también,
sin ver, tampoco, aquí.
Sin saber más vivir
ni en el otro, en el tuyo,
ni en este
mundo descolorido
en donde yo vivía.
Inútil, desvalido

Schließt du die Augen,
sind deine Lider Luft.
Sie reißen mich hin:
ich treff mich mit dir, im Innern.

Nichts zu sehen, nichts zu
hören. Nichts nützen
mir Augen und Lippen
in dieser deiner Welt.
Um dich zu erspüren,
taugen sie nicht,
die alten Sinne,
abgenutzt samt den anderen.
Man muß auf neue warten.
Zu dir geht man leise,
im Dunkeln,
stolpert über Zufälle,
über Verheißungen; stürzt
aufwärts
mit großer Flügellast.

Öffnest du wieder
die Augen, geh ich hinaus,
blind jetzt,
stolpernd auch hier,
ohne zu sehen, auch hier.
Weiß nicht mehr zu leben,
nicht in der anderen, der deinen,
noch hier in dieser
farblosen Welt,
wo ich lebte.
Untauglich, hilflos

entre los dos.
Yendo, viniendo
de uno a otro
cuando tú quieres,
cuando abres, cuando cierras
los párpados, los ojos.

zwischen den beiden.
Hin- und herwandernd immer
von einer zur anderen,
wann du es nur willst,
wann du sie nur öffnest, sie schließt,
die Lider, die Augen.

No, no te quieren, no.
Tú sí que estás queriendo.

El amor que te sobra
se lo reparten seres
y cosas que tú miras,
que tú tocas, que nunca
tuvieron amor antes.
Cuando dices: »Me quieren
los tigres o las sombras«
es que estuviste en selvas
o en noches, paseando
tu gran ansia de amar.
No sirves para amada;
tú siempre ganarás,
queriendo, al que te quiera.
Amante, amada no.
Y lo que yo te dé,
rendido, aquí, adorándote,
tú misma te lo das:
es tu amor implacable,
sin pareja posible,
que regresa a sí mismo
a través de este cuerpo
mío, transido ya
del recuerdo sin fin,
sin olvido, por siempre,
de que sirvió una vez
para que tú pasaras
por él – aún siento el fuego –
ciega, hacia tu destino.

Nein, nein, sie lieben dich nicht.
Du aber, du liebst.

Deine überschüssige Liebe
teilen sich Wesen
und Dinge, die du betrachtest,
die du berührst und die
nie Liebe besaßen zuvor.
Sagst du: »Es lieben mich
die Tiger oder die Schatten«,
so ließest du schweifen
in Wäldern oder in Nächten
deine große Liebesbegierde.
Nicht taugst du zur Geliebten;
immer wirst du, liebend,
den besiegen, der dich liebt.
Liebende, nicht Geliebte.
Und was ich dir schenke,
bezwungen, hier, dich verehrend,
das schenkst du dir selbst:
deine unerbittliche Liebe,
ohne mögliche Zweisamkeit,
kehrt zu sich selber zurück
durch diesen meinen Körper,
vor endloser Erinnerung
ganz starr nun,
ohne Vergessen, für immer,
daß einmal er dazu gedient,
daß du hindurchgingst durch ihn
– ich spüre noch das Feuer –
blind, deinem Schicksal entgegen.

De que un día entre todos
llegaste
a tu amor por mi amor.

Daß einmal, ein einziges Mal
du gelangtest
zu deiner Liebe durch die meine.

Lo que eres
me distrae de lo que dices.

Lanzas palabras veloces,
empavesadas de risas,
invitándome
a ir adonde ellas me lleven.
No te atiendo, no las sigo:
estoy mirando
los labios donde nacieron.

Miras de pronto a lo lejos.
Clavas la mirada allí,
no sé en qué, y se te dispara
a buscarlo ya tu alma
afilada, de saeta.
Yo no miro adonde miras:
yo te estoy viendo mirar.

Y cuando deseas algo
no pienso en lo que tú quieres,
ni lo envidio: es lo de menos.
Lo quieres hoy, lo deseas;
mañana lo olvidarás
por una querencia nueva.
No. Te espero más allá
de los fines y los términos.
En lo que no ha de pasar
me quedo, en el puro acto
de tu deseo, queriéndote.
Y no quiero ya otra cosa
más que verte a ti querer.

Was du bist,
lenkt mich ab von dem, was du sagst.

Schnelle Worte stößt du hervor,
beflaggt mit Lachen,
forderst mich auf,
zu gehen, wohin sie mich führen.
Ich hör nicht auf dich, folge ihnen nicht:
ich betrachte die Lippen,
wo sie entstanden.

Plötzlich siehst du in die Ferne.
Du richtest den Blick dorthin,
ich weiß nicht worauf, und deine Seele,
spitz, ein Pfeil,
schießt davon, es zu holen.
Ich sehe nicht hin, wo du hinsiehst:
ich sehe dich sehen.

Und wenn du etwas begehrst,
ich denk nicht an das, wonach dich verlangt,
und beneide es nicht: es ist ohne Belang.
Du willst es heut, du begehrst es;
morgen vergißt du's
über neuem Verlangen.
Nein. Ich erwarte dich jenseits
der Zwecke und Ziele.
Bei dem, was nicht vergehen darf,
verweile ich, beim reinen Akt
deines Verlangens, nach dir verlangend.
Und nichts begehre ich mehr,
als dich begehren zu sehen.

Los cielos son iguales.
Azules, grises, negros,
se repiten encima
del naranjo o la piedra:
nos acerca mirarlos.
Las estrellas suprimen,
de lejanas que son,
las distancias del mundo.
Si queremos juntarnos,
nunca mires delante:
todo lleno de abismos,
de fechas y de leguas.
Déjate bien flotar
sobre el mar o la hierba,
inmóvil, cara al cielo.
Te sentirás hundir
despacio, hacia lo alto,
en la vida del aire.
Y nos encontraremos
sobre las diferencias
invencibles, arenas,
rocas, años, ya solos,
nadadores celestes,
náufragos de los cielos.

Die Himmel, sie gleichen sich.
Blaue, graue und schwarze
wieder und wieder
überm Orangenbaum oder dem Stein:
sie anzuschaun bringt uns näher.
Die Sterne in ihrer Ferne,
sie heben auf
die Distanzen der Welt.
Wollen zueinander wir kommen,
blicke nie mehr nach vorn:
nichts als Abgründe,
Daten, Meilen.
Laß schön dich treiben
auf dem Meer oder Gras,
unbeweglich, den Blick gen Himmel.
Du wirst spüren, wie du versinkst,
langsam, nach oben,
ins Leben der Luft.
Und begegnen werden wir uns
über den unüberwindlichen
Klüften, Sänden,
Felsen und Jahren, allein jetzt,
himmlische Schwimmer,
Schiffbrüchige der Himmel.

Perdóname por ir así buscándote
tan torpemente, dentro
de ti.
Perdóname el dolor, alguna vez.
Es que quiero sacar
de ti tu mejor tú.
Ese que no te viste y que yo veo,
nadador por tu fondo, preciosísimo.
Y cogerlo
y tenerlo yo en alto como tiene
el árbol la luz última
que le ha encontrado al sol.
Y entonces tú
en su busca vendrías, a lo alto.
Para llegar a él
subida sobre ti, como te quiero,
tocando ya tan sólo a tu pasado
con las puntas rosadas de tus pies,
en tensión todo el cuerpo, ya ascendiendo
de ti a ti misma.

Y que a mi amor entonces, le conteste
la nueva criatura que tú eras.

Verzeih mir, daß ich so dich suche,
so unbeholfen, in
dir.
Verzeih mir den Schmerz zuweilen.
Ich will aus dir ja nur dein bestes Du
hervorholen. Jenes,
das du nicht sahst, doch das ich sehe,
ich, schwimmend in deiner herrlichen Tiefe.
Ich will es erhaschen
und in die Höhe will ich es halten,
wie der Baum das letzte Licht
hochhält, das er der Sonne fand.
Und dann, auf der Suche nach ihm,
würdest du emporkommen.
Um es zu erreichen,
über dich hinausgehen, wie ich dich mag,
deine Vergangenheit nur noch
mit den rosa Zehenspitzen berührend,
der ganze Körper gestrafft, schon aufsteigend
von dir zu dir selbst.

Und möge meine Liebe dann erwidert werden
von dem neuen Geschöpf, das du warst.

Hablamos, desde cuándo?
¿Quién empezó? No sé.
Los días, mis preguntas;
oscuras, anchas, vagas
tus respuestas: las noches.
Juntándose una a otra
forman el mundo, el tiempo
para ti y para mí.
Mi preguntar hundiéndose
con la luz en la nada,
callado,
para que tú respondas
con estrellas equívocas;
luego, reciennaciéndose
con el alba, asombroso
de novedad, de ansia
de preguntar lo mismo
que preguntaba ayer,
que respondió la noche
a medias, estrellada.
Los años y la vida,
¡qué diálogo angustiado!

Y sin embargo,
por decir casi todo.
Y cuando nos separen
y ya no nos oigamos,
te diré todavía:
»¡Qué pronto!
¡Tanto que hablar, y tanto
que nos quedaba aún!«

Wir sprechen miteinander, seit wann?
Wer fing an? Ich weiß nicht.
Die Tage, meine Fragen;
dunkel, weit, schweifend
deine Antworten: die Nächte.
Aneinandergefügt,
bilden sie die Welt, die Zeit
für dich und für mich.
Mein Fragen, es versinkt
mit dem Licht ins Nichts,
still,
damit du antwortest
mit zweideutigen Sternen;
danach, neugeboren
mit dem Morgen, staunend
über Neues, begierig,
dasselbe zu fragen,
das ich gestern gefragt,
worauf die Nacht nur halb
geantwortet hat, die gestirnte.
Die Jahre und das Leben,
welch beklommenes Zwiegespräch!

Und dennoch,
fast alles bleibt noch zu sagen.
Und werden wir getrennt
und hören schon nicht mehr einander,
werd ich dir immer noch sagen:
»Wie früh!
Soviel gesagt, und so vieles,
das uns noch zu sagen bleibt.«

A la noche se empiezan
a encender las preguntas.
Las hay distantes, quietas,
inmensas, como astros:
preguntan desde allí
siempre
lo mismo: cómo eres.
Otras,
fugaces y menudas,
querrían saber cosas
leves de ti y exactas:
medidas
de tus zapatos, nombre
de la esquina del mundo
donde me esperarías.

Tú no las puedes ver,
pero tienes el sueño
cercado todo él
por interrogaciones
mías.
Y acaso alguna vez
tú, soñando, dirás
que sí, que no, respuestas
de azar y de milagro
a preguntas que ignoras,
que no ves, que no sabes.
Porque no sabes nada;
y cuando te despiertas,
ellas se esconden, ya
invisibles, se apagan.
Y seguirás viviendo

Mit dem Abend
entflammen die Fragen.
Es gibt ferne, stille,
unermeßliche, wie Gestirne:
sie fragen von dort
immer
dasselbe: Wie bist du?
Andere,
flüchtig und klein,
möchten Nichtiges
wissen von dir und Genaues:
die Maße
deiner Schuhe, den Namen
des Winkels der Welt,
wo du mich erwarten würdest.

Du kannst sie nicht sehen,
aber dein Schlaf
ist ganz umlagert
von meinen,
all meinen Fragen.
Und manchmal vielleicht
sagst du im Schlaf
ja oder nein, Antworten,
ganz Zufall und Wunder,
auf Fragen, die du nicht kennst,
nicht siehst, von denen du nicht weißt.
Denn du weißt von nichts;
und wachst du auf,
verstecken sie sich, werden
unsichtbar, erlöschen.
Und du wirst weiterleben,

alegre, sin saber
que en media vida tuya
estás siempre cercada
de ansias, de afán, de anhelos,
sin cesar preguntándote
eso que tú no ves
ni puedes contestar.

fröhlich, ohne zu wissen,
daß mitten in deinem Leben
du immer umlagert bist
von Begierde, von Eifer, von Sehnsucht,
die unablässig dich fragen,
was du nicht siehst
noch was du beantworten kannst.

Qué paseo de noche
con tu ausencia a mi lado!
Me acompaña el sentir
que no vienes conmigo.
Los espejos, el agua
se creen que voy solo;
se lo creen los ojos.
Sirenas de los cielos
aún chorreando estrellas,
tiernas muchachas lánguidas,
que salen de automóviles,
me llaman. No las oigo.
Aún tengo en el oído
tu voz, cuando me dijo:
»No te vayas.« Y ellas,
tus tres palabras últimas,
van hablando conmigo
sin cesar, me contestan
a lo que preguntó
mi vida el primer día.
Espectros, sombras, sueños,
amores de otra vez,
de mí compadecidos,
quieren venir conmigo,
van a darme la mano.
Pero notan de pronto
que yo llevo estrechada,
cálida, viva, tierna,
la forma de una mano
palpitando en la mía.
La que tú me tendiste
al decir: »No te vayas.«

Welch nächtlicher Spaziergang
mit dir, die nicht bei mir ist!
Mich begleitet das Gefühl,
du gehst nicht mit mir.
Das Wasser, die Spiegel glauben,
ich ginge allein;
die Augen bilden sich das ein.
Sirenen des Himmels,
noch von Sternen triefend,
schmachtende zarte Mädchen,
die Autos entsteigen,
rufen mich. Ich hör sie nicht.
Immer noch hab ich im Ohr
deine Stimme, als sie mir sagte:
»Geh nicht fort.« Und sie,
deine letzten drei Worte,
sprechen mit mir
unaufhörlich, beantworten mir,
was mein Leben
fragte am ersten Tag.
Phantome, Schatten, Träume,
Geliebte von einst,
voller Mitleid mit mir,
wollen mit mir kommen,
wollen die Hand mir geben.
Doch merken sie plötzlich,
ich halte umschlungen
die warme, lebendige, zarte
Form einer Hand,
die noch in der meinen pocht.
Die, die du mir hinstrecktest,
als du sagtest: »Geh nicht fort.«

Se van, se marchan ellos,
los espectros, las sombras,
atónitos de ver
que no me dejan solo.
Y entonces la alta noche,
la oscuridad, el frío,
engañados también,
me vienen a besar.
No pueden; otro beso
se interpone, en mis labios.
No se marcha de allí,
no se irá. El que me diste,
mirándome a los ojos
cuando yo me marché,
diciendo: »No te vayas.«

Sie gehen, verlassen mich wieder,
die Phantome, die Schatten,
sehen zu ihrem Erstaunen,
ich bleib nicht allein zurück.
Und dann kommen die tiefe Nacht,
die Finsternis, die Kälte,
auch sie in Täuschung befangen,
wollen mich küssen.
Können's nicht; ein anderer Kuß
ist da auf meinen Lippen.
Er geht nicht weg, will nicht
vergehen. Der, den du mir gabst,
als ich ging
und du mir in die Augen sahst
und sagtest: »Geh nicht fort.«

La materia no pesa.
Ni tu cuerpo ni el mío,
juntos, se sienten nunca
servidumbre, sí alas.
Los besos que me das
son siempre redenciones:
tú besas hacia arriba,
librando algo de mí,
que aún estaba sujeto
en los fondos oscuros.
Lo salvas, lo miramos
para ver cómo asciende,
volando, por tu impulso,
hacia su paraíso
donde ya nos espera.
No, tu carne no oprime
ni la tierra que pisas
ni mi cuerpo que estrechas.
Cuando me abrazas, siento
que tuve contra el pecho
un palpitar sin tacto,
cerquísima, de estrella,
que viene de otra vida.
El mundo material
nace cuando te marchas.
Y siento sobre el alma
esa opresión enorme
de sombras que dejaste,
de palabras, sin labios,
escritas en papeles.
Devuelto ya a la ley
del metal, de la roca,

Die Materie lastet nicht.
Weder dein Körper noch meiner
fühlen, vereint, sich je
geknechtet, sondern als Flügel.
Die Küsse, die du mir gibst,
sind immer Erlösungen:
sie führen empor,
befreien etwas in mir,
das noch gefesselt war
in den dunklen Tiefen.
Du rettest es, wir schauen zu,
sehen, wie's aufsteigt,
wie's fliegt, dank deinem Impuls,
in sein Paradies,
wo es uns schon erwartet.
Nein, dein Fleisch, es beschwert nicht,
weder die Erde, auf der du gehst,
noch meinen Körper, den du umschlingst.
Und umarmst du mich,
spür ich an meiner Brust
das so zarte Pochen
eines sehr nahen Sterns
aus einem anderen Leben.
Die Welt der Materie
entsteht, wenn du fortgehst.
Und ich spür auf der Seele
diese ungeheure Last
von Schatten, die du hinterlassen,
von Worten, ohne Lippen,
auf Papier geschrieben.
Wieder anheimgegeben dem Gesetz
des Metalls, des Felsen,

de la carne. Tu forma
corporal,
tu dulce peso rosa,
es lo que me volvía
el mundo más ingrávido.
Pero lo insoportable,
lo que me está agobiando,
llamándome a la tierra,
sin ti que me defiendas,
es la distancia, es
el hueco de tu cuerpo.

Si, tú nunca, tú nunca:
tu memoria, es materia.

des Fleisches. Die Gestalt
deines Körpers,
deine rosa Last, die sanfte,
hat mir die Welt
viel schwereloser gemacht.
Das Unerträgliche aber,
das mich niederdrückt,
mich herabruft zur Erde,
wo du fehlst, die mich schützt,
ist die Ferne, die Leere,
die dein Körper hinterläßt.

Ja, nie du, nie du:
die Erinnerung an dich ist Materie.

Cuántas veces he estado
– espía del silencio –
esperando unas letras,
una voz. (Ya sabidas.
Yo las sabía, sí,
pero tú, sin saberlas,
tenías que decírmelas.)
Como nunca sonaban,
me las decía yo,
las pronunciaba, solo,
porque me hacían falta.
Cazaba en alfabetos
dormidos en el agua,
en diccionarios vírgenes,
desnudos y sin dueño,
esas letras intactas
que, juntándolas luego,
no me decías tú.
Un día, al fin, hablaste,
pero tan desde el alma,
tan desde lejos,
que tu voz fue una pura
sombra de voz, y yo
nunca, nunca la oí.
Porque todo yo estaba
torpemente entregado
a decirme a mí mismo
lo que yo deseaba,
lo que tú me dijiste
y no me dejé oír.

Wie oft habe ich gewartet
– Spion des Schweigens –
auf eine Stimme,
auf ein paar Worte. (Schon bekannte.
Ja, ich kannte sie schon,
du aber kanntest sie nicht
und mußtest sie doch mir sagen.)
Da nie sie erklangen,
habe ich sie mir dann gesagt,
sprach ich sie aus, allein,
weil sie mir nötig waren.
Ich jagte in Alphabeten,
die im Wasser schliefen,
in Diktionären, unberührten,
nackten, herrenlosen,
nach diesen reinen Worten,
die du aneinandergereiht,
doch mir nicht gesagt hast.
Eines Tags endlich sprachst du,
doch so aus der Seele,
aus solcher Ferne,
daß deine Stimme nurmehr
ein Schatten von Stimme war
und niemals, nie ich sie hörte.
War doch mein ganzes Ich
unbeholfen bestrebt,
mir selber zu sagen,
was ich ersehnte,
was du mir sagtest
und ich mir versagte zu hören.

Imposible llamarla.
Yo no dormía. Ella
creyó que yo dormía.
Y la dejé hacer todo:
ir quitándome
poco a poco la luz
sobre los ojos.
Dominarse los pasos,
el respirar, cambiada
en querencia de sombra
que no estorbara nunca
con el bulto o el ruido.
Y marcharse despacio,
despacio, con el alma,
para dejar detrás
de la puerta, al salir,
un ser que descansara.
Para no despertarme,
a mí, que no dormía.
Y no pude llamarla.
Sentir que me quería,
quererme, entonces, era
irse con los demás,
hablar fuerte, reír,
pero lejos, segura
de que yo no la oiría.
Liberada ya, alegre,
cogiendo mariposas
de espuma, sombras verdes
de olivos, toda llena
del gozo de saberme
en los brazos aquellos

Unmöglich, sie zu rufen.
Ich schlief nicht. Sie
glaubte, ich schlafe.
Und ich ließ sie alles tun:
ließ sie von meinen Augen
ganz sachte das Licht
mir nehmen;
ihre Schritte verhalten,
den Atem, nur mehr
ein Wunsch nach Schatten,
der niemals stört
mit seiner Masse oder seinem Geräusch;
und ließ sie langsam hinausgehen,
langsam, mit der Seele,
um hinter der Tür
zurückzulassen
ein Wesen, das ruhen sollte.
Um nicht mich zu wecken,
mich, der nicht schlief.
Und ich konnt' sie nicht rufen.
Fühlen, daß sie mich liebte,
mich lieben hieß damals für sie,
mit den anderen gehen,
laut reden und lachen,
aber weit weg, wo sie sicher
war, ich hörte sie nicht.
Frei nun, fröhlich,
erhaschend Schmetterlinge
aus Schaum, grüne Schatten
von Ölbäumen, ganz erfüllt
von der Freude,
mich in den Armen zu wissen

a quienes me entregó
– sin celos, para siempre,
de su ausencia –, del sueño
mío, que no dormía.
Imposible llamarla.
Su gran obra de amor
era dejarme solo.

des Schlafs, dem sie mich überließ
– von Eifersucht frei, für immer,
obwohl mir so fern –, meines Schlafes,
den ich nicht schlief.
Unmöglich, sie zu rufen.
Ihr großes Liebeswerk war,
mich alleine zu lassen.

La noche es la gran duda
del mundo y de tu amor.
Necesito que el día
cada día me diga
que es el día, que es él,
que es la luz: y allí tú.
Ese enorme hundimiento
de mármoles y cañas,
ese gran despintarse
del ala y de la flor:
la noche; la amenaza
ya de una abolición
del color y de ti,
me hace temblar: ¿la nada?
¿Me quisiste una vez?
Y mientras tú te callas
y es de noche, no sé
si luz, amor existen.
Necesito el milagro
insólito: otro día
y tu voz, confirmándome
el prodigio de siempre.
Y aunque te calles tú,
en la enorme distancia,
la aurora, por lo menos,
la aurora, sí. La luz
que ella me traiga hoy
será el gran sí del mundo
al amor que te tengo.

Die Nacht ist der große Zweifel
an der Welt und an deiner Liebe.
Es sollte der Tag mir
jeden Tag sagen,
daß er der Tag ist, daß er es ist,
der das Licht ist: und dort du.
Dieses ungeheure Versinken
von Marmor und Schilfrohr,
dieses große Verblassen
von Flügel und Blume:
die Nacht; die Tilgung,
die drohende schon,
der Farbe und deiner selbst
läßt mich zittern: das Nichts?
Hast du mich einmal geliebt?
Und solange du schweigst
und es Nacht ist, weiß ich nicht,
ob es Licht gibt und Liebe.
Ich brauche das Wunder,
das unerhörte: einen neuen Tag
und deine Stimme, daß sie
dies ewige Wunder besiegeln.
Und wenn du auch schweigst,
in unendlicher Ferne
die Morgenröte, zumindest
die Morgenröte, sagt ja. Und das Licht,
das heut sie mir bringen mag,
wird sein das große Ja der Welt
zu meiner Liebe zu dir.

Tú no puedes quererme:
estás alta, ¡qué arriba!
Y para consolarme
me envías sombras, copias,
retratos, simulacros,
todos tan parecidos
como si fueses tú.
Entre figuraciones
vivo, de ti, sin ti.
Me quieren,
me acompañan. Nos vamos
por los claustros del agua,
por los hielos flotantes,
por la pampa, o a cines
minúsculos y hondos.
Siempre hablando de ti.
Me dicen:
»No somos ella, pero
¡si tú vieras qué iguales!«
Tus espectros, qué brazos
largos, qué labios duros
tienen: sí, como tú.
Por fingir que me quieres,
me abrazan y me besan.
Sus voces tiernas dicen
que tú abrazas, que tú
besas así. Yo vivo
de sombras, entre sombras
de carne tibia, bella,
con tus ojos, tu cuerpo,
tus besos, sí, con todo
lo tuyo menos tú.

Du kannst mich nicht lieben:
stehst hoch, wie weit oben!
Und um mich zu trösten,
schickst du mir Schatten, Kopien,
Bildnisse, Trugbilder,
alle dir derart ähnlich,
als wärest du wirklich du.
Unter Nachbildungen
leb ich, von dir, ohne dich.
Sie lieben mich,
begleiten mich. Wir gehn
durch die Kreuzgänge des Wassers,
über das Treibeis,
durch die Pampa, oder in winzige,
tiefe Kinos.
Immer sprechen sie von dir.
Und sie sagen mir:
»Wir sind nicht sie, aber
sieh nur, wie ähnlich!«
Deine Phantome, welch lange
Arme, welch harte Lippen
haben sie: ja, wie du.
Um vorzuspiegeln, daß du mich liebst,
umarmen und küssen sie mich.
Ihre zarten Stimmen sagen,
daß so du umarmst, so du
küßt. Ich lebe
von Schatten, unter Schatten
von warmem, schönem Fleisch
mit deinen Augen, deinem Körper,
deinen Küssen, ja, mit all
dem Deinigen, außer dir.

Con criaturas falsas,
divinas, interpuestas
para que ese gran beso
que no podemos darnos
me lo den, se lo dé.

Mit falschen, göttlichen
Wesen, zwischen uns,
damit diesen großen Kuß,
den wir uns nicht geben können,
sie mir geben, ich ihnen gebe.

Se te está viendo la otra.
Se parece a ti:
los pasos, el mismo ceño,
los mismos tacones altos
todos manchados de estrellas.
Cuando vayáis por la calle
juntas, las dos,
¡qué difícil el saber
quién eres, quién no eres tú!
Tan iguales ya, que sea
imposible vivir más
así, siendo tan iguales.
Y como tú eres la frágil,
la apenas siendo, tiernísima,
tú tienes que ser la muerta.
Tú dejarás que te mate,
que siga viviendo ella,
embustera, falsa tú,
pero tan igual a ti
que nadie se acordará
sino yo de lo que eras.
Y vendrá un día
– porque vendrá, sí, vendrá –
en que al mirarme a los ojos
tú veas
que pienso en ella y la quiero:
tú veas que no eres tú.

Man sieht sie dir an, die andere.
Sie ähnelt dir:
der Gang, dieselbe finstere Miene,
dieselben hohen Absätze
ganz besprenkelt mit Sternen.
Und geht ihr die Straße entlang,
ihr beide zusammen,
wie schwierig zu unterscheiden,
wer du bist, wer du nicht bist!
Schon so ähnlich einander, daß ihr unmöglich
länger so leben könnt,
bei dieser Ähnlichkeit.
Und weil du die Zerbrechliche bist,
die kaum Seiende, überaus zart,
mußt du getötet werden.
Du wirst es zulassen, daß dich tötet
und weiterlebt
dein lügnerisches, falsches Du,
dir so ähnlich jedoch,
daß niemand sich je wird erinnern,
außer mir, an das, was du warst.
Und der Tag wird kommen
– denn er wird kommen, ja, er wird kommen –,
da du, in die Augen mir blickend,
siehst,
daß ich an sie denk und sie liebe:
siehst, du bist gar nicht du.

No preguntarte me salva.
Si llegase a preguntar
antes de decir tú nada,
¡qué claro estaría todo,
todo qué acabado ya!
Sería cambiar tus brazos,
tus auroras, indecisas
de hacia quién,
sería cambiar la duda
donde vives, donde vivo
como en un gran mundo a oscuras,
por una moneda fría
y clara: lo que es verdad.
Te marcharías, entonces.
Donde está tu cuerpo ahora,
vacilante, todo trémulo
de besarme o no, estaría
la certidumbre: tu ausencia
sin labios. Y donde está
ahora la angustia, el tormento,
cielos negros, estrellados
de puede ser, de quizás,
no habría más que ella sola.
Mi única amante ya siempre,
y yo a tu lado, sin ti.
Yo solo con la verdad.

Mich rettet, dich nicht zu fragen.
Gelänge es mir zu fragen,
ehe du etwas sagst,
wie klar wäre alles,
wie vollendet schon!
Eintauschen würde ich deine Arme,
deine Morgenröten, die unschlüssig noch,
wem sie sich zuwenden sollen,
eintauschen die Ungewißheit,
in der du und ich leben
wie in einer großen dunklen Welt,
gegen eine kalte und blanke
Münze: das Wahre.
Dann würdest du fortgehen.
Wo jetzt dein Körper ist,
schwankend, ganz Zittern,
mich zu küssen oder nicht,
wär' die Gewißheit: dein Fernsein
ohne Lippen. Und wo jetzt
Beklemmung ist, Qual,
schwarze Himmel, bestirnt
mit »mag sein«, mit »vielleicht«,
gäb es nur sie, sie allein:
meine einzige Geliebte für immer,
und ich dir zur Seite, ohne dich.
Ich allein mit der Wahrheit.

Me estoy labrando tu sombra.
La tengo ya sin los labios,
rojos y duros: ardían.
Te los habría besado
aún mucho más.

Luego te paro los brazos,
rápidos, largos, nerviosos.
Me ofrecían el camino
para que yo te estrechara.

Te arranco el color, el bulto.
Te mato el paso. Venías
derecha a mí. Lo que más
pena me ha dado, al callártela,
es tu voz. Densa, tan cálida,
más palpable que tu cuerpo.
Pero ya iba a traicionarnos.

Así
mi amor está libre, suelto,
con tu sombra descarnada.
Y puedo vivir en ti
sin temor
a lo que yo más deseo,
a tu beso, a tus abrazos.
Estar ya siempre pensando
en los labios, en la voz,
en el cuerpo,
que yo mismo te arranqué
para poder, ya sin ellos,
quererte.

Ich schaffe mir deinen Schatten.
Schon hab ich ihn ohne die Lippen,
die roten und festen, die glühten:
Ich hätte sie dir
noch viel öfter geküßt.

Dann bringe ich deine Arme zur Ruh,
die raschen, langen und kräftigen.
Sie zeigten mir den Weg,
dich eng zu umschlingen.

Ich nehme dir die Farbe und die Formen.
Töte deinen Schritt: Du kamst
geradewegs zu mir. Am meisten
schmerzt mich, die ich zum Schweigen gebracht,
deine Stimme. So voll und warm,
greifbarer als dein Körper.
Aber sie hätte uns fast verraten.

So,
bei deinem körperlosen Schatten,
ist meine Liebe frei, ist ungebunden.
Und ich kann in dir leben
ohne Furcht vor dem,
wonach mich am meisten verlangt,
deinem Kuß, deinen Umarmungen.
Ich muß jetzt immer
an die Lippen, die Stimme,
den Körper denken,
die ich selber dir raubte,
um dich, nun ohne sie,
lieben zu können.

¡Yo, que los quería tanto!
Y estrechar sin fin, sin pena
– mientras se va inasidera,
con mi gran amor detrás,
la carne por su camino –
tu solo cuerpo posible:
tu dulce cuerpo pensado.

Ich, der sie so liebte!
Und umarmen zu können immerfort, ohne Kummer
– während unaufhaltsam,
von meiner großen Liebe verfolgt,
das Fleisch seinen Weg geht –
deinen einzig möglichen Körper:
deinen sanften Körper meines Traums.

Dime, ¿por qué ese afán
de hacerte la posible,
si sabes que tú eres
la que no serás nunca?
Tú a mi lado, en tu carne,
en tu cuerpo, eres sólo
el gran deseo inútil
de estar aquí a mi lado
en tu cuerpo, en tu carne.
En todo lo que haces,
verdadero, visible,
no se consuma nada,
ni se realiza, no.
Lo que tú haces no es más
que lo que tú querrías
hacer mientras lo haces.
Las palabras, las manos
que me entregas, las beso
por esa voluntad
tuya e irrealizable
de dármelas, al dármelas.
Y cuanto más te acercas
contra mí y más te estrechas
contra el no indestructible
y negro, más se ensanchan
de querer abolirlas,
de afán de que no existan,
las distancias sin fondo
que quieres ignorar
abrazándome. Y siento
que tu vivir conmigo
es signo puro, seña,

Sag mir, warum dieser Drang,
dich für möglich zu halten,
wo du doch weißt: du bist die,
die niemals du sein wirst?
Du neben mir, in deinem Fleisch,
in deinem Körper, bist nur
das vergebliche große Verlangen,
hier zu sein neben mir
in deinem Körper, in deinem Fleisch.
In allem was du tust,
tatsächlich, sichtbar,
wird nichts vollendet,
nichts verwirklicht. Nein.
Was du tust, ist nicht mehr,
als was du tun möchtest,
während du's tust.
Die Worte, die Hände,
ich küß sie, die du mir schenkst,
gemäß deinem Willen,
dem unausführbaren,
sie mir zu geben, wenn du sie mir gibst.
Und je näher du zu mir kommst,
je fester noch du dich schmiegst
an den, der nicht unauslöschbar
und finster, desto größer werden
– im Wunsche, sie aufzuheben,
im Eifer, es soll sie nicht geben –
die abgründigen Distanzen,
die du ignorieren möchtest,
wenn du mich umarmst. Und ich spüre,
es ist dein Leben mit mir
ein bloßes Zeichen, Signal

en besos, en presencias,
de lo imposible, de
tu querer vivir
conmigo, mía, siempre.

– in Küssen, in Allgegenwart
des Unmöglichen –
für deinen Willen zu leben
mit mir, als die Meine für immer.

Te busqué por la duda:
no te encontraba nunca.

Me fui a tu encuentro
por el dolor.
Tú no venías por allí.

Me metí en lo más hondo
por ver si, al fin, estabas.
Por la angustia,
desgarradora, hiriéndome.
Tú no surgías nunca de la herida.
Y nadie me hizo señas
– un jardín o tus labios,
con árboles, con besos –;
nadie me dijo
– por eso te perdí –
que tú ibas por las últimas
terrazas de la risa,
del gozo, de lo cierto.
Que a ti se te encontraba
en las cimas del beso
sin duda y sin mañana.
En el vértice puro
de la alegría alta,
multiplicando júbilos
por júbilos, por risas,
por placeres.
Apuntando en el aire
las cifras fabulosas,
sin peso, de tu dicha.

Ich hab dich gesucht im Zweifel:
nie fand ich dich.

Ich bin dir entgegengegangen
im Schmerz.
Du aber kamst nicht.

Ich drang in die Tiefe,
zu sehen, ob endlich du da warst.
Bei der Qual,
der herzzerreißenden, die mich verwundete.
Du tauchtest nie auf aus der Wunde.
Und niemand machte mir Zeichen
– ein Garten oder deine Lippen,
mit Bäumen, mit Küssen –;
niemand sagte mir
– und so verlor ich dich –,
daß du gingst durch die letzten
Beete des Lachens,
der Lust, der Gewißheit.
Daß dich man fand
auf den Gipfeln des Kusses
ohne Zweifel und ohne Morgen.
Auf dem reinen Höhepunkt
der hohen Freude
vermehrend Jubel
mit Jubel, mit Lachen,
mit Wonnen.
In die Luft notierend
die phantastischen Zahlen,
die gewichtslosen, deines Glücks.

No quiero que te vayas,
dolor, última forma
de amar. Me estoy sintiendo
vivir cuando me dueles
no en ti, ni aquí, más lejos:
en la tierra, en el año
de donde vienes tú,
en el amor con ella
y todo lo que fue.
En esa realidad
hundida que se niega
a sí misma y se empeña
en que nunca ha existido,
que sólo fue un pretexto
mío para vivir.
Si tú no me quedaras,
dolor, irrefutable,
yo me lo creería;
pero me quedas tú.
Tu verdad me asegura
que nada fue mentira.
Y mientras yo te sienta,
tú me serás, dolor,
la prueba de otra vida
en que no me dolías.
La gran prueba, a lo lejos,
de que existió, que existe,
de que me quiso, sí,
de que aún la estoy queriendo.

Ich will nicht, daß du schwindest,
Schmerz, letzte Art
zu lieben. Ich fühle mich leben,
wenn du mir weh tust,
nicht in dir, nicht hier, weiter weg:
in dem Land, in dem Jahr,
aus dem du kommst,
in der Liebe zu ihr
und zu all dem, was war.
In dieser versunkenen
Wirklichkeit, die sich selbst
verleugnet und darauf beharrt,
es habe sie nie gegeben,
sie sei mir nur Vorwand
zum Leben gewesen.
Bliebest du mir nicht,
Schmerz, unwiderlegbarer,
würde ich's glauben;
aber du bleibst mir.
Deine Wahrheit bezeugt,
daß nichts Lüge war.
Und solang ich dich spüre,
bist du mir, Schmerz,
der Beweis für ein anderes Leben,
in dem du mir nicht weh getan.
Der große Beweis, in der Ferne,
daß es sie gab, daß es sie gibt,
daß sie mich liebte, ja,
daß ich sie immer noch liebe.

No en palacios de mármol,
no en meses, no, ni en cifras,
nunca pisando el suelo:
en leves mundos frágiles
hemos vivido juntos.
El tiempo se contaba
apenas por minutos:
un minuto era un siglo,
una vida, un amor.
Nos cobijaban techos,
menos que techos, nubes;
menos que nubes, cielos;
aun menos, aire, nada.
Atravesando mares
hechos de veinte lágrimas,
diez tuyas y diez mías,
llegábamos a cuentas
doradas de collar,
islas limpias, desiertas,
sin flores y sin carne;
albergue, tan menudo,
en vidrio, de un amor
que se bastaba él solo
para el querer más grande
y no pedía auxilio
a los barcos ni al tiempo.
Galerías enormes
abriendo
en los granos de arena,
descubrimos las minas
de llamas o de azares.
Y todo

Nicht in Marmorpalästen,
in Monaten nicht noch in Zahlen,
nie den Boden berührend:
in leichten, zerbrechlichen Welten
haben wir zusammen gelebt.
Es zählte die Zeit
kaum nach Minuten:
eine Minute war ein Jahrhundert,
ein Leben, eine Liebe.
Schutz boten uns Dächer,
nicht einmal Dächer, Wolken;
nicht einmal Wolken, Himmel;
weniger noch, Luft, nichts.
Meere durchquerend,
Meere aus zwanzig Tränen,
von dir zehn und zehn von mir,
gelangten wir zu goldenen
Perlen einer Kette,
Inseln, kahl und wüst,
ohne Blumen, ohne Fleisch;
Herberge – so klein,
aus Glas – einer Liebe,
die sich selber genügte
für die größere Liebe
und nicht um Hilfe bat
die Schiffe oder die Zeit.
Vortreibend
riesige Stollen
in Sandkörnern,
entdeckten wir die Adern
von Flammen oder Zufälligkeiten.
Und alles

colgando de aquel hilo
que sostenía, ¿quién?
Por eso nuestra vida
no parece vivida:
desliz, resbaladora,
ni estelas ni pisadas
dejó detrás. Si quieres
recordarla, no mires
donde se buscan siempre
las huellas y el recuerdo.
No te mires al alma,
a la sombra, a los labios.
Mírate bien la palma
de la mano, vacía.

hing an diesem Faden,
den wer hielt?
Deshalb scheint unser Leben
nicht gelebt:
ein Schlingern und Gleiten,
weder Kiel- noch Fußspuren
hinterließ es. Und willst du
es erinnern, such nicht,
wo für gewöhnlich man sucht
die Spuren und die Erinnerung.
Betrachte dir nicht die Seele,
den Schatten, die Lippen.
Besieh dir genau die Hand-
fläche, die leere.

Qué cuerpos leves, sutiles,
hay, sin color,
tan vagos como las sombras,
que no se pueden besar
si no es poniendo los labios
en el aire, contra algo
que pasa y que se parece!

¡Y qué sombras tan morenas
hay, tan duras
que su oscuro mármol frío
jamás se nos rendirá
de pasión entre los brazos!

¡Y qué trajín, ir, venir,
con el amor en volandas,
de los cuerpos a las sombras,
de lo imposible a los labios,
sin parar, sin saber nunca
si es alma de carne o sombra
de cuerpo lo que besamos,
si es algo! ¡Temblando
de dar cariño a la nada!

Was für leichte und zarte
Körper es gibt, ohne Farbe,
so flüchtig wie die Schatten,
die dann nur sich küssen lassen,
drückt man die Lippen
gegen die Luft, gegen das,
was vergeht und ihr gleicht!

Und was für schwarzbraune Schatten
es gibt, so hart,
daß ihr dunkler Marmor, der kalte,
nie sich ergeben wird
aus Leidenschaft unseren Armen!

Und was für ein Treiben, ein Hin und Her,
mit der Liebe, was für ein Hasten,
von Körpern zu Schatten,
vom Unmöglichen zu den Lippen,
ohne Verweilen, ohne zu wissen,
ist's Seele aus Fleisch oder Schatten
eines Leibs, was wir küssen,
wenn's überhaupt etwas ist! Immer bangend,
zu umarmen das Nichts!

Las oyes cómo piden realidades,
ellas, desmelenadas, fieras,
ellas, las sombras que los dos forjamos
en este inmenso lecho de distancias?
Cansadas ya de infinitud, de tiempo
sin medida, de anónimo, heridas
por una gran nostalgia de materia,
piden límites, días, nombres.
No pueden
vivir así ya más: están al borde
del morir de las sombras, que es la nada.
Acude, ven, conmigo.
Tiende tus manos, tiéndeles tu cuerpo.
Los dos les buscaremos
un color, una fecha, un pecho, un sol.
Que descansen en ti, sé tú su carne.
Se calmará su enorme ansia errante,
mientras las estrechamos
ávidamente entre los cuerpos nuestros
donde encuentren su pasto y su reposo.
Se dormirán al fin en nuestro sueño
abrazado, abrazadas. Y así luego,
al separarnos, al nutrirnos sólo
de sombras, entre lejos,
ellas
tendrán recuerdos ya, tendrán pasado
de carne y hueso,
el tiempo que vivieron en nosotros.
Y su afanoso sueño
de sombras, otra vez, será el retorno
a esta corporeidad mortal y rosa
donde el amor inventa su infinito.

Hörst du sie, wie sie Wirklichkeiten verlangen,
sie, die wilden, zerzausten,
die Schatten, die wir beide erfinden
in diesem weiten Bett der Fernen?
Müde der Unendlichkeit, der maßlosen
Zeit, des Namenlosen, wund
von großer Sehnsucht nach Materie,
verlangen sie Grenzen, Tage, Namen.
Sie können so
nicht länger leben: sind nahe daran,
an den Schatten zu sterben, dem Nichts.
So komm schnell, komm mit mir.
Streck deine Hände aus, schenk ihnen deinen Körper.
Wir beide wollen ihnen eine Farbe,
ein Datum, ein Herz und eine Sonne suchen.
Daß sie in dir zur Ruhe kommen, sei du ihr Fleisch.
Frieden wird finden ihre ungeheure schweifende Sucht,
wenn wir sie an uns drücken,
gierig mit unseren Körpern umfangen,
wo sie Weide und Ruhe finden.
Schlafen werden sie endlich in unsrem
verschlungenen Traum, verschlungen. Und hernach,
wenn wir uns trennen, wenn wir allein
von Schatten uns nähren, zwischen Fernen,
werden sie
Erinnerungen haben, Vergangenheit
aus Fleisch und Blut:
die Zeit, da sie in uns lebten.
Und es wird ihr mühsamer Traum
von Schatten noch einmal die Rückkehr sein
in diese sterbliche rosa Körperlichkeit,
wo die Liebe ihr Unendliches erfindet.

Grund der Liebe
Razón de amor

Cuánto tiempo fuiste dos!
Querías y no querías.
No eras como tu querer,
ni tu querer como tú.
¡Qué vaivén entre una y otra!
A los espejos del mundo,
al silencio, a los azares,
preguntabas
cuál sería la mejor.
Inconstante de ti misma
siempre te estabas matando
tu mismo sí con tu no.
Y en el borde de los besos,
ni tu corazón ni el mío,
sabía quien se acercaba:
si era la que tú querías
o la que quería yo.
Cuando estábais separadas,
como la flor de su flor,
¡qué lejos de ti tenía
que ir a buscarte el querer!
Él estaba por un lado.
Tú en otro.
Lo encontraba. Pero no
sabía estarme con él,
vivir así separados
o de tu amor o de ti.
Yo os quería a los dos.
Y por fin junto está todo.
Cara a cara te miraste,
tu mirada en ti te vio:
eras ya la que querías.

Wie lange warst du zwei!
Liebtest und liebtest nicht.
Warst nicht wie deine Liebe,
noch war deine Liebe wie du.
Welch Hin und Her zwischen beiden!
Du fragtest
die Spiegel der Welt,
das Schweigen, die Zufälle,
wer wohl die bessere sei.
Unsicher deiner selbst,
tötetest du dir stets
mit deinem Nein dein eigenes Ja.
Und am Saum der Küsse,
weder dein Herz noch das meine
wußte, wer da sich genaht:
war's die von dir geliebte
oder die ich geliebt?
Als getrennt ihr wart,
wie die Blüte von ihrer Blume,
wie ferne von dir
mußt ich die Liebe dir suchen!
Jenseits sie war.
Du diesseits.
Ich fand sie. Aber ich konnte
nicht bei ihr bleiben,
nicht so leben, getrennt
von deiner Liebe oder von dir.
Ich liebte euch beide.
Und am Ende ist alles vereint.
Aug in Aug sahst du dich an,
dein Blick, der dich suchte, fand dich:
nun warst du die, die du liebtest.

Y ahora os beso a las dos
en ti sola.
Y esta paz de ser entero,
no sabe
el alma quién la ganó:
si es que tu amor se parece
a ti, de tanto quererte,
o es que tú,
de tanto estarle queriendo,
eres ya igual que tu amor.

Und jetzt küss ich euch beide
in dir allein.
Und dieser Friede, ungeteilt zu sein,
noch weiß die Seele nicht,
wer ihn errang:
deine Liebe, ist sie ähnlich dir,
da sie so sehr dich liebt,
oder bist du,
da du so sehr sie liebst,
schon ganz mit deiner Liebe eins?

Pensar en ti esta noche
no era pensarte con mi pensamiento,
yo solo, desde mí. Te iba pensando
conmigo, extensamente, el ancho mundo.

El gran sueño del campo, las estrellas,
callado el mar, las hierbas invisibles,
sólo presentes en perfumes secos,
todo,
de Aldebarán al grillo te pensaba.

¡Qué sosegadamente
se hacía la concordia
entre las piedras, los luceros,
el agua muda, la arboleda trémula,
todo lo inanimado,
y el alma mía
dedicándolo a ti! Todo acudía
dócil a mi llamada, a tu servicio,
ascendido a intención y a fuerza amante.
Concurrían las luces y las sombras
a la luz de quererte; concurrían
el gran silencio, por la tierra, plano,
suaves voces de nube, por el cielo,
al cántico hacia ti que en mí cantaba.
Una conformidad de mundo y ser,
de afán y tiempo, inverosímil tregua,
se entraba en mí, como la dicha entra
cuando llega sin prisa, beso a beso.
Y casi
dejé de amarte por amarte más,
en más que en mí, confiando inmensamente

An dich denken diese Nacht
hieß nicht, dich denken mit meinen Gedanken,
allein, von mir aus. Es dachte dich
mit mir, umfassend, die weite Welt.

Der große Traum des Landes, die Sterne,
schweigend das Meer, die unsichtbaren Kräuter,
gegenwärtig nur in herben Düften,
alles,
vom Aldebaran bis zur Grille, dachte dich.

Wie still
entstand die Eintracht
zwischen den Steinen, den Himmelslichtern,
dem stummen Wasser, den zitternden Bäumen,
allem Unbeseelten
und meiner Seele,
die dir all das widmete! Und alles
folgte meinem Ruf, war dir zu Diensten,
ganz Wille und liebende Kraft.
Die Lichter und die Schatten nahmen teil
am Licht, um dich zu lieben; es nahmen teil
das große Schweigen, lagernd auf der Erde,
sanfte Wolkenstimmen im Himmel
am Lobgesang, der dich besang in mir.
Einklang von Welt und Sein,
von Drang und Zeit; und unverhoffter Friede
zog in mir ein, so wie das Glück,
das langsam kommt, nur Kuß um Kuß.
Und fast
erstarb dir meine Liebe, um dich mehr,
in mehr als mir zu lieben, grenzenlos dies Amt

ese empleo de amar a la gran noche
errante por el tiempo y ya cargada
de misión, misionera
de un amor vuelto estrellas, calma, mundo,
salvado ya del miedo
al cadáver que queda si se olvida.

des Liebens anvertrauend dieser großen Nacht,
die durch die Zeit schweift, nun betraut
mit einer Sendung, Sendbotin
einer Liebe, die in Sterne, Stille, Welt verwandelt,
nun von der Angst erlöst ist vor dem Leichnam,
der übrigbleibt, wenn man vergißt.

No te detengas nunca
cuando quieras buscarme.
Si ves muros de agua,
anchos fosos de aire,
setos de piedra o tiempo,
guardia de voces, pasa.
Te espero con un ser
que no espera a los otros:
en donde yo te espero
sólo tú cabes. Nadie
puede encontrarse
allí conmigo sino
el cuerpo que te lleva,
como un milagro, en vilo.
Intacto, inajenable,
un gran espacio blanco,
azul, en mí, no acepta
más que los vuelos tuyos,
los pasos de tus pies;
no se verán en él
otras huellas jamás.
Si alguna vez me miras
como preso encerrado,
detrás de puertas,
entre cosas ajenas,
piensa en las torres altas,
en las trémulas cimas
del árbol, arraigado.
Las almas de las piedras
que abajo están sirviendo
aguardan en la punta
última de la torre.

Verweile nie,
wenn du mich suchen willst.
Siehst du Wände aus Wasser,
breite Gräben aus Luft,
Wälle aus Stein oder Zeit,
einen Hort von Stimmen, geh weiter.
Ich erwarte dich als der,
der niemand anderen erwartet:
wo ich dich erwarte,
ist Platz nur für dich. Und niemand
kann sich dort treffen mit mir,
nur der Körper, der dich
wie ein Wunder
hält in der Schwebe.
Unberührt, nur sich zu eigen,
duldet ein großer Raum,
weiß und blau, in mir,
nur deine Flüge allein,
nur deine Schritte;
keiner wird darin je
andere Spuren sehn.
Siehst du zuweilen mich an
wie einen Gefangenen,
hinter verschlossenen Türen,
umgeben von fremden Dingen,
denk an die hohen Türme,
an den schwankenden Wipfel
des fest verwurzelten Baums.
Die Seelen jener Steine,
die Dienste leisten dort unten,
warten auf der höchsten
Spitze des Turms.

Y ellos, pájaros, nubes,
no se engañan: dejando
que por abajo pisen
los hombres y los días,
se van arriba,
a la cima del árbol,
al tope de la torre,
seguros de que allí,
en las fronteras últimas
de su ser terrenal
es donde se consuman
los amores alegres,
las solitarias citas
de la carne y las alas.

Und sie, die Wolken, die Vögel,
täuschen sich darin nicht:
sollen unten dahingehen
die Menschen und die Tage,
sie selber fliegen hinauf
zum Wipfel des Baums,
zur Spitze des Turms,
in der Gewißheit, daß dort,
an den äußersten Grenzen
ihres irdischen Seins,
sich vollendet
die freudige Liebe,
die einsame Begegnung
zwischen dem Fleisch und den Flügeln.

Cuántos años
has estado fingiendo, tú, la oculta,
ser la aparente hija
del mundo, de tus padres, de la tierra
en donde nació el tallo de tu voz!
El sol sobre tus hombros
los ponía morenos,
si el frío te estrechaba entre sus pieles
nítidas tú temblabas.
Y parecías ser la criatura
de los azares,
esperarte a ti misma en cada día.
Dulce materia firme en la que el mundo,
con nieves o con sol, con pena o dicha,
se entretenía caprichosamente,
en modelar prodigios, rostro y alma,
sin que tú hicieses nada
sino aceptarlos con sonrisas,
mirarlos en tu espejo,
e irte luego con ellos por la vida,
como si fuesen tú. Tu cuerpo mismo
se figuraron que labrado estaba
con la materna leche, por el tiempo,
con el crecer, por exteriores leyes,
y vestido
por las sedas que pintan otras manos.
Pero un día en la frente,
en el pecho, en los labios,
metal ardiente, óleos, palabras encendidas
te tocaron y ahora
por fin te llamas tú.
Coronada de ti, de ti vestida,

Wie viele Jahre
hast du vorgetäuscht, du, die Verborgene,
die echte Tochter zu sein
der Welt, deiner Eltern, des Landes,
dem deine Stimme entsproß!
Die Sonne auf deinen Schultern,
sie bräunte dich;
und schloß dich die Kälte in ihre Häute,
die hellen, zittertest du.
Du schienst das Geschöpf
der Zufälle, schienst
jeden Tag auf dich selbst zu warten.
Sanfte feste Materie, wo die Welt,
mit Schnee oder Sonne, mit Leid oder Glück,
launenhaft sich vergnügte,
Wunderwerke, Gesicht und Seele, zu formen,
ohne daß du etwas tatest,
nur lächelnd sie hinnahmst,
in deinem Spiegel sie ansahst
und dann mit ihnen durchs Leben
gingst, als wären sie du.
Dein Körper, so schien's, nahm Gestalt an
durch mütterliche Milch, durch die Zeit,
mit dem Wachsen, durch äußere Gesetze,
und wurde bekleidet
von Seiden, die andere Hände bemalen.
Doch eines Tages,
auf Stirn, Brust und Lippen
glühendes Metall, Öle, flammende Worte
trafen dich und endlich:
du heißt jetzt du.
Gekrönt nun mit dir, mit dir bekleidet,

lo que te cubre el alma que tú eras
no es ya la carne aquella, don paterno,
ni los trajes venales, ni la edad.
En la común materia
– ojos, gracia, bondad, esbelta pierna,
color de los cabellos, voz, bravura –
que en ti llevabas,
te has infundido tú, y a ti te has hecho.
Ya no recibes vida, tú la creas.
Tú, de tu propia criatura origen,
del vago simulacro de tu antes
te sacas tu nacer: recién nacida
voluntaria a vivir. Y ya no debes
nada – estás sin pasado –
a la tierra, o al mundo, o a otros seres.
Si acaso besa agradecidamente
en los labios del aire de esta noche
– suelo de trébol, techo de luceros –
a la que te ha guiado, misteriosa
potencia del amor, hasta ti misma,
para que al fin pudieses ser tu alma.

ist, was dir die Seele umhüllt, die du warst,
nicht mehr jenes Fleisch, elterliches Geschenk,
nicht das Aderkleid, nicht das Alter.
Der gewohnten Materie
– Augen, Anmut, Güte, schlankes Bein,
Farbe des Haars, Stimme, Mut –,
die dir zu eigen,
hast du dich eingeprägt, hast dich zu dir gemacht.
Nicht mehr empfängst du Leben, du erschaffst es.
Aus deinem ursprünglichen Geschöpf,
aus deinem einstigen vagen Scheinwesen
gebierst du dich: neugeboren,
entschlossen zu leben. Und nichts mehr
verdankst du – ohne Vergangenheit nun –
dem Land, der Welt oder anderen Menschen.
Allenfalls küß voller Dankbarkeit
die Lippen der Luft zur Nacht
– Boden aus Klee, Dach aus Sternen –,
so küßt du, die dich geführt hat, bis zu dir selbst:
die Macht, das Geheimnis der Liebe,
bis endlich du ganz deine Seele wärst.

Si la voz se sintiera con los ojos
¡ay, cómo te vería!
Tu voz tiene una luz que me ilumina,
luz del oír.
Al hablar
se encienden los espacios del sonido,
se le quiebra al silencio
la gran oscuridad que es. Tu palabra
tiene visos de albor, de aurora joven,
cada día, al venir a mí de nuevo.
Cuando afirmas,
un gozo cenital, un mediodía,
impera, ya sin arte de los ojos.
Noche no hay si me hablas por la noche.
Ni soledad, aquí solo en mi cuarto
si tu voz llega, tan sin cuerpo, leve.
Porque tu voz crea su cuerpo. Nacen
en el vacío espacio, innumerables,
las formas delicadas y posibles
del cuerpo de tu voz. Casi se engañan
los labios y los brazos que te buscan.
Y almas de labios, almas de los brazos,
buscan alrededor las, por tu voz
hechas nacer, divinas criaturas,
invento de tu hablar.
Y a la luz del oír, en ese ámbito
que los ojos no ven, todo radiante,
se besan por nosotros
los dos enamorados que no tienen
más día ni más noche
que tu voz estrellada, o que tu sol.

Vernähme man die Stimme mit den Augen,
oh, wie würde ich dich sehen!
Deine Stimme hat ein Licht, das mich erleuchtet,
ein Licht des Hörens.
Beim Sprechen
entzünden sich die Räume des Klanges,
zerreißt dem Schweigen
das eigene große Dunkel. Dein Wort
schimmert von Frühe, glänzt von Morgenröte,
jeden Tag, wenn es aufs neue zu mir kommt.
Sagst du ja,
herrscht hoher Jubel, ein Mittag,
ganz ohne die Kunst der Augen.
Nacht gibt es nicht, wenn du nachts zu mir sprichst.
Noch Einsamkeit, hier allein in meinem Zimmer,
wenn mich erreicht deine Stimme, ganz körperlos, leicht.
Denn deine Stimme erschafft ihren Körper. Es entstehen
im leeren Raum, unzählig,
die zarten möglichen Formen
des Körpers aus deiner Stimme. Fast gehen fehl
die Lippen und Arme, die dich suchen.
Und Seelen der Lippen, Seelen der Arme
suchen ringsum die von deiner Stimme
erschaffenen herrlichen Wesen,
Erfindungen deines Sprechens.
Und im Licht des Hörens, in diesem Bereich,
den die Augen nicht sehen, dem strahlenden,
küssen für uns sich die beiden Liebenden,
die auch nicht mehr Tag, mehr Nacht
haben als deine sternklare Stimme
oder deine Sonne.

Cómo me dejas que te piense!
Pensar en ti no lo hago solo, yo.
Pensar en ti es tenerte,
como el desnudo cuerpo ante los besos,
toda ante mí, entregada.
Siento cómo te das a mi memoria,
cómo te rindes al pensar ardiente,
tu gran consentimiento en la distancia.
Y más que consentir, más que entregarte,
me ayudas, vienes hasta mí, me enseñas
recuerdos en escorzo, me haces señas
con las delicias, vivas, del pasado,
invitándome.
Me dices desde allá
que hagamos lo que quiero,
unirnos, al pensarte.
Y entramos por el beso que me abres,
y pensamos en ti, los dos, yo solo.

Wie du mich dich denken läßt!
Ich denke an dich nicht allein.
An dich denken heißt dich haben,
wie vor den Küssen den nackten Leib,
dich ganz vor mir, hingegeben.
Ich spüre, wie du dich meiner Erinnerung fügst,
dich ergibst dem glühenden Denken,
spüre deine große Einwilligung in der Ferne.
Und nicht nur willigst du ein, nicht nur gibst du dich hin,
du hilfst mir, kommst bis zu mir, du zeigst mir
Erinnerungen, perspektivisch verkürzt, du winkst mir
mit Wonnen, den frischen, von einst,
und lädst mich so ein.
Du sagst mir von dorther,
laß uns tun, was ich möchte
– uns vereinigen –, indem ich dich denke.
Und wir gehen durch den Kuß, den du mir eröffnest,
und wir denken an dich, wir zwei, ich allein.

Ahora te quiero,
como el mar quiere a su agua:
desde fuera, por arriba,
haciéndose sin parar
con ella tormentas, fugas,
albergues, descansos, calmas.
¡Qué frenesíes, quererte!
¡Qué entusiasmo de olas altas,
y qué desmayos de espuma
van y vienen! Un tropel
de formas, hechas, deshechas,
galopan desmelenadas.
Pero detrás de sus flancos
está soñándose un sueño
de otra forma más profunda
de querer, que está allá abajo:
de no ser ya movimiento,
de acabar este vaivén,
este ir y venir, de cielos
a abismos, de hallar por fin
la inmóvil flor sin otoño
de un quererse quieto, quieto.
Más allá de ola y espuma
el querer busca su fondo.
Esa hondura donde el mar
hizo la paz con su agua
y están queriéndose ya
sin signo, sin movimiento.
Amor
tan sepultado en su ser,
tan entregado, tan quieto,
que nuestro querer en vida

Jetzt liebe ich dich,
wie das Meer sein Wasser liebt:
von außen, von oben,
unablässig mit ihm
sich erschaffend Stürme und Fluchten,
Zufluchten, Pausen und Stille.
Welch Ungestüm, dich zu lieben!
Welche Begeisterung hoher Wellen,
und welche Ohnmacht des Schaums
wieder und wieder! Eine Schar
von Formen, erschaffen, zerstört,
zerzaust jagt sie dahin.
Aber hinter den Flanken
erträumt sich ein Traum
eine andere, tiefere Art
zu lieben, jene dort unten:
nicht mehr Bewegung zu sein,
zu beenden dieses Gewoge,
dieses Auf und Nieder vom Himmel
zum Abgrund, um schließlich zu finden
die reglose Blüte ohne Herbst
eines Liebens, ruhig und still.
Jenseits von Welle und Schaum
sucht das Lieben seinen Grund.
Diese Tiefe, in der das Meer
Frieden geschlossen mit seinem Wasser,
in der sie sich lieben nun
zeichenlos, ohne Bewegung.
Eine Liebe,
so versunken in ihrem Sein,
so voller Hingabe, so still,
daß unser Lieben im Leben

se sintiese
seguro de no acabar
cuando terminan los besos,
las miradas, las señales.
Tan cierto de no morir
como está
el gran amor de los muertos.

sicher ist,
daß es nicht endet,
wenn die Küsse ein Ende haben,
die Blicke, die Zeichen.
So sicher ist,
nicht zu sterben,
wie die große Liebe der Toten.

Dame tu libertad.
No quiero tu fatiga,
no, ni tus hojas secas,
tu sueño, ojos cerrados.
Ven a mí desde ti,
no desde tu cansancio
de ti. Quiero sentirla.
Tu libertad me trae,
igual que un viento universal,
un olor de maderas
remotas de tus muebles,
una bandada de visiones
que tú veías
cuando en el colmo de tu libertad
cerrabas ya los ojos.
¡Qué hermosa tú libre y en pie!
Si tú me das tu libertad me das tus años
blancos, limpios y agudos como dientes,
me das el tiempo en que tú la gozabas.
Quiero sentirla como siente el agua
del puerto, pensativa,
en las quillas inmóviles
el alta mar, la turbulencia sacra.
Sentirla,
vuelo parado,
igual que en sosegado soto
siente la rama
donde el ave se posa,
el ardor de volar, la lucha terca
contra las dimensiones en azul.
Descánsala hoy en mí: la gozaré
con un temblor de hoja en que se paran

Gib mir deine Freiheit.
Nicht deine Müdigkeit will ich,
nein, nicht dein welkes Laub,
deinen Schlaf, geschlossene Augen.
Komm zu mir her von dir,
nicht von der Müdigkeit
deiner selbst. Ich will sie spüren,
deine Freiheit. Sie bringt mir,
gleich einem Wind von weither,
den Geruch von Ferne
und dem Holz deiner Möbel,
und einen Schwarm von Bildern,
die du sahst,
als auf der Höhe deiner Freiheit
du schon die Augen geschlossen.
Wie schön bist du, frei und aufrecht!
Gibst du mir deine Freiheit, gibst du mir auch deine Jahre,
wie Zähne weiß, rein und scharf,
gibst mir auch die Zeit, in der du die Freiheit genossen.
Ich will sie spüren, wie das Wasser
des Hafens, nachdenklich, spürt
an den reglosen Kielen
das offene Meer, das heilige Ungestüm.
Sie spüren,
einen Flug, der verhält,
so wie im stillen Gebüsch
der Zweig,
auf den der Vogel sich setzt,
spürt die Hitze des Fliegens, den trotzigen Kampf
gegen die Dimensionen in Blau.
Bring zur Ruhe sie heute in mir: genießen will ich sie
bei einem Zittern von Laub, wo die Tropfen

gotas del cielo al suelo.
La quiero
para soltarla, solamente.
No tengo cárcel para ti en mi ser.
Tu libertad te guarda para mí.
La soltaré otra vez, y por el cielo,
por el mar, por el tiempo,
veré cómo se marcha hacia su sino.
Si su sino soy yo, te está esperando.

innehalten auf ihrem Weg vom Himmel zum Boden.
Ich will sie,
allein um sie freizulassen.
Da ist kein Gefängnis für dich in meinem Sein.
Deine Freiheit bewahrt dich für mich.
Wieder freilassen werde ich sie und sehen,
wie sie am Himmel, über das Meer,
durch die Zeit auf ihr Schicksal zugeht.
Und bin ich ihr Schicksal, erwartet es dich.

Nadadora de noche, nadadora
entre olas y tinieblas.
Brazos blancos hundiéndose, naciendo,
con un ritmo
regido por designios ignorados,
avanzas
contra la doble resistencia sorda
de oscuridad y mar, de mundo oscuro.
Al naufragar el día,
tú, pasajera
de travesías por abril y mayo,
te quisiste salvar, te estás salvando,
de la resignación, no de la muerte.
Se te rompen las olas, desbravadas,
hecho su asombro espuma,
arrepentidas ya de su milicia,
cuando tú les ofreces, como un pacto,
tu fuerte pecho virgen.
Se te rompen
las densas ondas anchas de la noche
contra ese afán de claridad que buscas,
brazada por brazada, y que levanta
un espumar altísimo en el cielo;
espumas de luceros, sí, de estrellas,
que te salpica el rostro
con un tumulto de constelaciones,
de mundos. Desafía
mares de siglos, siglos de tinieblas,
tu inocencia desnuda.
Y el rítmico ejercicio de tu cuerpo
soporta, empuja, salva
mucho más que tu carne. Así tu triunfo

Schwimmerin bei Nacht, Schwimmerin
zwischen Wogen und Finsternis.
Weiße Arme, eintauchend, auftauchend
in einem Rhythmus,
regiert von unbekannten Absichten,
dringst du vorwärts
gegen den doppelten tauben Widerstand
von Dunkelheit und Meer, von dunkler Welt.
Beim Kentern des Tages
wolltest du, bei der Durchquerung
von April und Mai,
dich retten, rettest dich jetzt
vor der Resignation, nicht vor dem Tod.
Die Wellen brechen sich dir, gezähmt,
ihr Staunen Schaum geworden,
ihre Abwehr bereuend,
sobald du ihnen, einem Bündnis gleich,
bietest die starke reine Brust.
Es brechen sich dir
die dichten, die stolzen Wogen der Nacht
an deiner Gier, deiner Suche nach Helle,
die, Schwimmstoß um Schwimmstoß, den Schaum
wirft bis zum Himmel;
Lichtschäume, ja, von Gestirnen,
die dein Gesicht bespritzen
mit stiebenden Sternbildern,
Welten. Es trotzt deine nackte Unschuld
Meeren von Jahrhunderten,
Jahrhunderten von Finsternis.
Und die rhythmische Bewegung deines Körpers
trägt, stößt vorwärts, rettet
viel mehr als dein Fleisch. So wird dein Triumph

tu fin será, y al cabo, traspasadas
el mar, la noche, las conformidades,
del otro lado ya del mundo negro,
en la playa del día que alborea,
morirás en la aurora que ganaste.

dein Ende sein, und schließlich, sind durchschwommen
das Meer, die Nacht, die Gleichförmigkeiten,
jenseits der schwarzen Welt nun,
auf dem Strand des dämmernden Tages,
wirst sterben du in der Morgenröte, die du erreicht.

Jorge Guillén

Pedro Salinas

PEDRO SALINAS

A Dámaso Alonso

I

Pedro Salinas, él, ya nunca »tú«.
No esa triste ficción
Como si me escuchase ...
¿Desde la tierra donde el cuerpo a solas
Niega a quien fue viviente?
Con todo su vivir
Murió. Murió del todo.
                              ¿Ya del todo?
Compartiendo los aires
Que acogen nuestra vida,
Aunque ya en propio Olimpo,
Intocado por muerte sobrevive
Sin amenaza de vejez siquiera,
Maduro para siempre en la memoria.
Ser único. Se alumbra una figura.

¡Arranque generoso!
Es él, aquel amigo,
Hoy ya sustancia nuestra,
Y no por comunión.
Tú fuiste ... No, no así.
Ningún fantasma invoco.
El, él, tan admirable.

PEDRO SALINAS

Für Dámaso Alonso

I

Pedro Salinas, er, niemals mehr »du«.
Nicht diese traurige Täuschung,
als hörte er mich ...
Aus der Erde etwa, wo der Leib, einsam,
den verneint, der lebendig war?
Mit all seinem Leben
starb er. Starb ganz und gar.
Ganz und gar?
Er hat doch teil an der Luft,
die unser Leben umfängt,
lebt weiter unberührt von Tod,
wenn auch im eigenen Olymp,
nicht einmal bedroht vom Alter,
gereift für immer in unserm Erinnern.
Einmaliges Dasein. Eine Gestalt leuchtet auf.

Großzügig der Aufbruch!
Er ist's, der Freund,
heute schon Teil von uns,
und nicht durch Kommunion.
Du warst ... Nein, so nicht.
Ich beschwöre kein Phantom.
Er, er selbst, so wunderbar.

II

Amigo.
Sin quimeras
De trances absolutos,
Fiel a tantas verdades relativas,
Comunes las delicias y aflicciones,
Más acá de las últimas reservas:
El clave temperado
De la amistad segura.
Aquel callejear nocturno en Burgos,
Aquella confidencia de Madrid,
Aquel juego de ingenio con tal nombre,
Aquella indignación,
Periódico entre manos ...
Trasparentes momentos
En que un alma es su voz,
La voz propicia al diálogo vivísimo,
Y más futuro exige.
¿No trasladaba Aldana a un firmamento
La ansiedad del coloquio?
Inteligencia en acto,
Del corazón no explícito ya cómplice.
Y el silencio – mortal, incongruente,
Brusco – tajó el coloquio.

III

Una curiosidad inextinguible
Se aplica a más lugares, gentes, obras.
¿Para saber? Para entender gozando
De círculos concéntricos de vida
Con pormenores que descubren fondos.

II

Freund.
Ohne verstiegene Träume
von absoluter Ekstase,
soviel relativer Wahrheit treu,
gemeinsam Entzücken und Trauer,
diesseits der letzten Reserve:
der maßvolle Schlüssel
sicherer Freundschaft.
Dies nächtliche Bummeln durch Burgos,
die Vertraulichkeit in Madrid,
das geistreiche Spiel mit einem gewissen Namen,
und diese Empörung dann,
die Zeitung in den Händen ...
Augenblicke, durchsichtig,
in denen die Seele ganz Stimme ist,
die Stimme fürs lebendigste Zwiegespräch,
immer mehr Zukunft fordernd.
Hat nicht Aldana die Lust am Gespräch
in den Himmel verlagert?
Wirkliche Intelligenz,
des Herzens nicht erklärte Komplizin.
Und das Schweigen – tödlich, unpassend,
brüsk – durchschnitt das Gespräch.

III

Eine unstillbare Neugier
stürzt sich auf immer mehr Orte, Menschen, Werke.
Will sie wissen? Nein, verstehen, in konzentrischen
Lebenskreisen Einzelheiten genießen,
die Tiefen öffnen.

Y los escaparates por las calles
Ofrecen mundos, y las bibliotecas
– ¡Aquella biblioteca de Coimbra! –
Son montones de espíritus que aguardan.
Pero aguardan amigos, estudiantes
Retornan a escuchar, y suenan timbres,
Innumerables solicitaciones,
Mientras debemos a diaria Historia
Nuestras ayudas, nuestras disidencias:
Condenación, aplauso, chiste, risa,
Delicada piedad, y qué ternura,
Más, más amor, y tan concreta el alma.
Un placer, y es el lento saboreo.
Todo, todo más claro hasta ese límite
Que sostiene el pudor más varonil.

IV

La muerte no casaba
Con una madurez en propia cúspide,
Frente a los horizontes
De un afán más agudo cada día.
Entre quizá premuras
Una mirada en calma contemplaba
Los azules marinos
O ese blanco papel
Dispuesto hacia la mente.
¡Inseguro el azar,
Tan favorable al caos!
De pronto – ¿ya? – la nada.
¿Y aquel esfuerzo por crear un orden
Con esa profusión que nos circunda?
Un destino sin plan

Die Schaufenster in den Straßen
bieten Welten, und die Bibliotheken
– jene von Coimbra! –
sind Berge von Geist, die warten.
Aber es warten auch Freunde, Studenten
kehren zurück in den Hörsaal, und Klingeln läuten,
zahllose Forderungen,
während wir täglicher Geschichte
unsere Hilfe schulden, unsere Abtrünnigkeit:
Verdammung, Beifall, Witze, Lachen,
taktvolle Nachsicht, und welche Zärtlichkeit,
mehr, mehr Liebe, und so konkret die Seele.
Eine Lust, und langsam ausgekostet.
Alles, alles immer noch klarer bis an die Grenze,
die eine sehr männliche Scheu verteidigt.

IV

Der Tod stand nicht in Einklang
mit einer Reife auf ihrem Gipfel,
im Angesicht von Horizonten
eines Bemühens, das heftiger wurde mit jedem Tag.
In Bedrängnis vielleicht
betrachtete ein stiller Blick
Meeresbläue
oder dies weiße Blatt Papier,
empfänglich für den Geist.
Wie unzuverlässig der Zufall,
dem Chaos so günstig!
Plötzlich – schon jetzt? – das Nichts.
Und die Mühe, eine Ordnung zu schaffen
bei diesem Wuchern, das uns umgibt?
Ein planloses Schicksal

Nos arrebata a ciegas
Al más que nunca en pleno
Merecedor de vida bien cumplida.
Definitivo tajo
Que nos dolió, nos duele.

V

Aquí mismo respiran sus vocablos:
Ultima quintaesencia,
Y así, con su tictac
Silencioso de pulso,
Mantenido a través
De esta palpitación de la mañana
Que aquí trascurre ahora.
¿Vida de siempre? Vida de ahora mismo,
A un compás que la ahonda, verdadera
Sin ornato, desnuda.

El verso vive en ti,
Lector, y tú lo asumes
Como infusa existencia enraízada
Bajo tu superficie.

Ahí, trasfigurado,
Fluye por ritmo el tiempo
Con su verdad exenta
De accidentes ya inútiles,
Suma concentración de poesía,
Oro que fuese humano.

Pero el oro no basta.
Por un camino humilde,

entreißt uns blindlings
den, der in höchstem Maße
ein ruhig vollendetes Leben verdiente.
Endgültiger Schnitt,
der uns schmerzte, uns schmerzt.

V

Hier, genau hier atmen seine Worte:
äußerste Quintessenz,
und so, mit seinem stillen
Pulsschlag,
der sich behauptet
durch dieses Pochen des Morgens hindurch,
der jetzt hier verstreicht.
Leben für immer? Leben von eben jetzt,
in einem Rhythmus, der es vertieft, wahres Leben,
schmucklos und nackt.

Der Vers lebt in dir,
Leser, und du nimmst ihn auf
als offenbartes Leben, wurzelnd
unter deiner Oberfläche.

Dort, verwandelt,
fließt im Rhythmus die Zeit
mit ihrer Wahrheit, befreit
von unnütz gewordenem Zufall,
höchste Verdichtung der Poesie,
Gold, das menschlich wäre.

Aber Gold genügt nicht.
Auf einem schlichten Weg

Un rasgo accidental – recuerdo súbito –
Evoca a todo el hombre con la fuerza
De una resurrección.

Mis ojos se humedecen.
Vivo surge en la luz a quien sabemos
Sin luz cercano al mar
Que él tan amorosamente contemplara.

Y el muerto vivacísimo
Nos conduce a frontera
Sin consuelo, sin aire de consuelo,
Irrespirable al fin.

Murió el amigo-amigo para siempre,
Y muriendo con él sobrevivimos,
El aún con nosotros.
Algo perenne dura.
Tierra junto al rumor de aquellas olas.
Late bien este hallazgo de palabras,
Sentid: Pedro Salinas.

ruft ein Zufallsgedanke – jähe Erinnerung –
den ganzen Menschen herauf mit der Kraft
einer Auferstehung.

Feucht werden mir die Augen.
Lebendig ersteht im Licht der, den wir wissen
lichtlos nahe dem Meer,
das so liebend er schauen würde.

Und der Tote, so voller Leben,
führt uns an Grenzen
ohne Trost, ohne die Luft des Trostes,
die letztlich nicht zu atmen ist.

Es starb der Freund-Freund für immer,
und sterbend mit ihm leben wir weiter,
er noch immer bei uns.
Etwas Ewiges bleibt.
Erde beim Geräusch jener Wellen.
Vernehmlich rauscht dieser Fund von Wörtern,
hört hin: Pedro Salinas.

Übertragen von Hildegard Baumgart

1891 Am 27. November wird Pedro Salinas in Madrid geboren, wo er auch aufwächst.

1908 Zunächst Jurastudium an der Universidad Central in Madrid. »Mangels Berufung zum Advokaten« schreibt er sich zwei Jahre später auch an der Philosophischen Fakultät ein.

1911-1912 Veröffentlichung erster Gedichte in der von Ramón Gómez de la Serna herausgegebenen Zeitschrift »Prometeo« (1911, Nr. 32). Enge Freundschaft mit Enrique Díez-Canedo. Längerer Aufenthalt in Paris.

1913 Beteiligt sich mit Übertragungen von Gedichten französischer Symbolisten an der von seinen Freunden Díez-Canedo und Fernando Fortún herausgegebenen Anthologie *La Poesía francesa moderna*, Renacimiento, Madrid 1913.

1914-1917 Lektor für Spanisch an der Sorbonne. Er heiratet 1915 Margarita Bonmatí Botella. 1917 Promotion.

1918-1920 Salinas geht als Professor für Spanische Literatur nach Sevilla. »Man meinte, Boscán käme da mit diesem italienischen Habitus, aber ein Boscán, der ein Garcilaso wäre, mit dieser seiner aristokratischen Geistigkeit«, erinnert sich einer seiner ersten Studenten, der Dichter Luis Cernuda. Salinas veröffentlicht Gedichte in »España« und in der neuen Zeitschrift von Manuel Azaña, »La Pluma« (1920, Nr. 1). Im gleichen Jahr erscheint seine Übersetzung der Stücke von Alfred de Musset *Los caprichos de Mariana y otras comedias*, Imprenta Clásica Española, Madrid. Geburt seiner Tochter Soledad in Sevilla (1920). Beginn einer brüderlichen Freundschaft mit Jorge Guillén, der Salinas' Lektorat an der Sorbonne übernommen hatte.

1921-1926 Im Herbst- und Wintertrimester Gastprofessor an der Cambridge University (England). 1922 erscheint seine Proust-Übersetzung *En busca del tiempo perdido*, Nieto y Cia. Veröffentlichung seines ersten Gedichtbandes *Presagios* mit einem Vorwort von Juan Ramón Jiménez, Biblioteca de Indice, 1924. Es erscheinen Gedichte und Essays in der »Revista de Occidente«. Enge Freundschaft mit Gabriel Miró. Geburt seines Sohnes Jaime (1925).

1927-1930 Im Jahre 1928 übernimmt Pedro Salinas die Leitung der Ferienkurse für Ausländer am Centro de Estudios Históricos in Madrid (bis 1931). Veröffentlichung seines zweiten Gedichtbandes *Seguro Azar*, Revista de Occidente, Madrid 1929.

1931-1933 Im Frühjahr 1931 erscheint sein drittes Gedichtbuch *Fábula y signo*, Editorial Plutarco, Madrid. In der ersten Nummer einer literarischen Zeitschrift, herausgegeben von Pedro Salinas und einigen seiner Freunde (Rafael Alberti, Dámaso Alonso, José Bergamín, Federico García Lorca, Jorge Guillén), »Los Cuatro vientos«, veröffentlicht er mit dem Titel *Amor en vilo* sechs Gedichte (Februar 1933), die noch im gleichen Jahr aufgenommen werden in dem Zyklus von Liebesgedichten, der Salinas' Ruhm begründet: *La voz a ti debida*, Los Cuatro vientos, Signo, Madrid 1933. Jorge Guillén wird in seinem Vorwort zu den *Poesías Completas* 1971 schreiben: »Hat man nach Espronceda und Bécquer, nach dem ›Canto a Teresa‹ und den ›Rimas‹, in Spanien etwas von solcher Bedeutung geschrieben wie ›La voz a ti debida‹ ...?«

1933-1936 Im Sommer 1933 übernimmt Pedro Salinas die Leitung der von ihm selbst begründeten Universidad Internacional de Verano in Santander. Eben dort befindet er sich, als im Juli 1936 der Bürgerkrieg ausbricht. Im gleichen Jahr erscheint in Spanien noch der zweite Band seiner Liebeslyrik, *Razón de amor*, Cruz y Raya, Madrid.

1936-1939 Im Herbst 1936 emigriert Salinas in die Vereinigten Staaten. Lehramt am Wellesley College (Massachusetts) und später an der Johns Hopkins University in Baltimore (Maryland). Im Frühjahr 1937 hält er dort fünf Vorlesungen über *Reality and the Poet in Spanish Poetry*, die 1940 von derselben Universität veröffentlicht werden. Im September 1938 hält er im Palacio de Bellas Artes in México Vorträge über »Mundo real y mundo poético«. Im Mai 1939 nimmt er als Repräsentant der republikanischen spanischen Schriftsteller an der Versammlung des Internationalen PEN-Clubs auf der Weltausstellung in New York teil. Das Thema seines Vortrags: »¿Puede la cultura sobrevivir al exilio?«

1940-1942 Veröffentlichung von Essays *Literatura española siglo XX* im hispanisch-mexikanischen Verlag Séneca, México 1940. In Buenos Aires erscheinen 1942 bei Losada, einem weiteren Verlag spanischer Emigranten, die in Spanien zwischen 1924 und 1936 erschienenen fünf Gedichtbände in einem Band: *Poesía junta*. 1940-1941 Sommerkurse an der University of California, Berkeley. Freundschaft mit dem ecuadorianischen Dichter und Diplomaten Jorge Carrera Andrade. Seinem Werk widmet er einen Essay.

1943-1946 Für drei Jahre geht Salinas an die Universität von Puerto Rico. Vortragsreisen führen ihn 1944 auch nach Santo Domingo und Cuba. In diesem Jahr erscheint in der mexikanischen Zeitschrift »Cuadernos Americanos« (III, September-Oktober 1944) das lange Gedicht von vierhundert Versen *Cero* und 1946, ebenfalls in México, der Gedichtband *El Contemplado*, Editorial Stylo.

1947-1950 Im Sommer 1947 hält Salinas öffentliche Vorträge in Kolumbien, Ecuador und Peru. Weitere Veröffentlichungen: *Jorge Manrique o tradición y originalidad*,

Sudamericana, Buenos Aires 1947; *La poesía de Rubén Darío*, Losada, Buenos Aires 1948; *El Defensor*, Universidad Nacional de Colombia, Bogotá 1948 (Ein Essay aus diesem Sammelband liegt auf deutsch vor: *Verteidigung des Briefes*, Stuttgart 1978); *Todo más claro y otros poemas*, Sudamericana, Buenos Aires 1949. Im Sommer 1949 Europareise, Aufenthalt in Italien und Frankreich, betritt jedoch nicht spanischen Boden. Als Beauftragter der UNESCO bereitet Salinas in Paris das Projekt einer internationalen Zeitschrift, »Plural«, vor. Er schreibt in kurzer Zeit seine »Fabel« *La bomba increíble*, Sudamericana, Buenos Aires 1950 (*Die Rätselbombe. Eine Fabel von Weltuntergang und Glauben*, Wiesbaden 1960).

1951 Salinas bereitet drei seiner Theaterstücke für ihre Veröffentlichung in Madrid vor (der ersten in Spanien seit 1936): *Teatro*, Insula, 1952. In New York wohnt er der Uraufführung seines Werks *La fuente del arcángel* bei (16. Februar 1951). Am 20. April 1951 hält er am Wellesley College eine Vorlesung über seine eigene Dichtung. Es sollte die letzte seines Lebens sein. In México erscheint ein Band mit seinen Erzählungen: *El desnudo impecable y otras narraciones*, Tezontle, 1951. Am 4. Dezember 1951 stirbt Pedro Salinas in Boston. Er wird in Puerto Rico auf dem alten Friedhof von Santa Magdalena, direkt am Meer und zu Füßen der Stadtmauer von San Juan, beerdigt.

Nach dem Tode des Dichters erscheinen die folgenden Ausgaben seiner Werke:
Poemas escogidos, herausgegeben und mit einem Vorwort von Jorge Guillén, Colección Austral, Buenos Aires 1953.
Confianza. Poemas inéditos, mit einem Vorwort von Jorge Guillén, Aguilar, Madrid 1955.

Poesías completas, Aguilar, Madrid 1955; Barral Editores, Barcelona 1971, 1975, 1981 (herausgegeben von Soledad Salinas de Marichal, mit einem Vorwort von Jorge Guillén).
La voz a ti debida y *Razón de amor*, herausgegeben von Joaquín González Muela, Clásicos Castalia, Madrid 1969, ^{5}1985.
Poesía, ausgewählt und mit einem Vorwort von Julio Cortázar, Alianza, Madrid 1971, ^{7}1984.

Die Gedichte des vorliegenden Bandes sind eine Auswahl aus der Liebeslyrik von Pedro Salinas: »La voz a ti debida« und »Razón de amor«.

Der Übersetzer dankt Lothar Klünner in Berlin und Juan del Solar in Lima für guten Rat und freundschaftliche Hilfe.

INDICE

La voz a ti debida

INHALT

Die Stimme, die ich dir verdanke

Bibliothek Suhrkamp

Zwei- und mehrsprachige Bände

Anna Achmatowa
Gedichte
Russisch und deutsch.
Nachdichtungen von Heinz Czechowski, Uwe Grüning, Sarah Kirsch, Rainer Kirsch.
Herausgegeben und mit einem Nachwort von Ilma Rakusa.
205 Seiten. BS 983

Rafael Alberti
Zu Lande zu Wasser
Gedichte.
Spanisch und deutsch.
Übertragen und mit einem Nachwort von Erwin Walter Palm.
157 Seiten. BS 60

Guillaume Apollinaire
Bestiarium oder Das Gefolge des Orpheus
Le Bestiaire ou cortège d'Orphée
Französisch und deutsch.
Übertragen von Karl Krolow.
Mit Holzschnitten von Raoul Dufy.
78 Seiten. BS 607

Charles Baudelaire
Ausgewählte Gedichte
Französisch und deutsch.
Übertragen und mit einem Vorwort über die Aufgabe des Übersetzers von Walter Benjamin.
Redaktion und Nachbemerkung von Tillman Rexroth.
168 Seiten. BS 257

Samuel Beckett
Bruchstücke
Fragment de Théâtre / Theatre
Französische und englische Originalfassungen.
Deutsche Übertragung von Erika Tophoven und Elmar Tophoven.
83 Seiten. BS 657
Erste Liebe / Premier amour
Französisch und deutsch.
Übertragung von Elmar Tophoven.
137 Seiten. BS 277
Damals / That Time
Englisch und deutsch.
Übertragung von Elmar Tophoven.
82 Seiten. BS 494
Drei Gelegenheitsstücke
Three Occasional Pieces
Englisch und deutsch.
Übertragung von Elmar Tophoven.
91 Seiten. BS 807
Um abermals zu enden und anderes Durchgefallenes
Pour finir encore et autres foirades
Fizzles
Französische und englische Originalfassungen.
Deutsche Übertragung von Elmar Tophoven.
148 Seiten. BS 582
Der Verwaiser / Le dépeupleur
The Lost Ones
Französische und englische Originalfassungen.
Deutsche Übertragung von Elmar Tophoven.
93 Seiten. BS 1027

Alexander Blok
Gedichte
Russisch und deutsch.
Auswahl, Nachdichtung und Nachwort von Adrian Wanner.
190 Seiten. BS 1052

André du Bouchet
Vakante Glut
Dans la chaleur vacante
Französisch und deutsch.
Übertragung von Paul Celan.
187 Seiten. BS 1021

Michel Butor
Fenster auf die Innere Passage
Fenêtres sur le passage intérieur
Französisch und deutsch.
Übertragen von
Helmut Scheffel.
179 Seiten. BS 518

João Cabral de Melo Neto
Erziehung durch den Stein
Gedichte.
Portugiesisch und deutsch.
Übertragung und Nachwort von
Curt Meyer-Clason.
320 Seiten. BS 713

Ernesto Cardenal
Gedichte
Spanisch und deutsch.
Übertragen von Stefan Baciu und
Anneliese Schwarzer de Ruiz.
260 Seiten. BS 705

René Char
Lob einer Verdächtigen
Éloge d'une Soupçonnée
Gedichte.
Französisch und deutsch.
Übertragung von Lothar Klünner.
Nachwort von Jean Starobinski.
71 Seiten. BS 1023

Carlos Drummond de Andrade
Gedichte
Portugiesisch und deutsch.
Übertragung und Nachwort von
Curt Meyer-Clason.
417 Seiten. BS 765

T.S. Eliot
Gedichte
Englisch und deutsch.
Übertragung von
E. R. Curtis,
Hans Magnus Enzensberger,
Erich Fried, Eva Hesse,
Klaus Günther Just und
R. A. Schröder.
225 Seiten. BS 130

Old Possums Katzenbuch
Old Possum's Book of Practical Cats
Englisch und deutsch.
Übertragung von Erich Kästner,
Werner Peterich, Friedrich Podszus,
R. A. Schröder, Annemarie Seidel,
Peter Suhrkamp, Siegfried Unseld,
Nora Wydenbruck und
Carl Zuckmayer.
Illustrationen von Edward Gorey.
142 Seiten. BS 10

Das wüste Land
The Waste Land
Englisch und deutsch.
Übersetzt von Ernst Robert Curtius.
Mit einem Nachwort von
Hans Egon Holthusen.
97 Seiten. BS 425

Odysseas Elytis
Ausgewählte Gedichte
Neugriechisch und deutsch.
Ausgewählt und übertragen von
Barbara Vierneisel-Schlörb und
Antigone Kasolea.
Mit einem Nachwort von
Hans Rudolf Hilty.
196 Seiten. BS 696
Lieder der Liebe / Ta ro tu Erota
Neugriechisch und deutsch.
Übertragen von Hans Eideneier.
Mit acht Collagen des Autors.
117 Seiten. BS 745
Neue Gedichte
Neugriechisch und deutsch.
Übertragen von Barbara
Vierneisel-Schlörb unter
Mitwirkung von Antigone Kasolea.
212 Seiten. BS 843

Federico García Lorca
Diwan des Tamarit
Diván del Tamarit
Sonette der dunklen Liebe
Sonetos del amor oscuro
Gedichte. Spanisch und deutsch.
Übertragen von Rudolf Wittkopf
und Lothar Klünner.
109 Seiten. BS 1047

Generation von 27
Gedichte
von Rafael Alberti, Vicente Aleixandre,
Luis Cernuda, Gerardo Diego,
Federico García Lorca,
Jorge Guillén, Pedro Salinas.
Spanisch und deutsch.
Übertragen von Hildegard Baumgart,
Enrique Beck, Fritz Rudolf Fries,
Lothar Klünner, Fritz Vogelgsang,
Rudolf Wittkopf.
Herausgegeben von J. M. Castellet
und Pere Gimferrer.
349 Seiten. BS 796

Robert Graves
Das kühle Netz/
The Cool Web
Gedichte.
Englisch und deutsch.
Auswahl, Übertragung
und Nachwort
von Wolfgang Held.
203 Seiten. BS 1032

Jorge Guillén
Ausgewählte Gedichte
Spanisch und deutsch.
Auswahl, Übersetzung
und Nachwort von
Hildegard Baumgart.
135 Seiten. BS 411

Nicolás Guillén
Gedichte
Spanisch und deutsch.
Übertragung von Erich Arendt,
Hans-Otto Dill, Fritz Rudolf Fries,
Janheinz Jahn, Dieter Reichardt.
Auswahl und Nachwort von
Dieter Reichardt.
158 Seiten. BS 786

Ferreira Gullar
Schmutziges Gedicht
Poema Sujo
Portugiesisch und deutsch.
Übertragung und Nachwort von
Curt Meyer-Clason.
207 Seiten. BS 893

Max Jacob
Höllenvisionen
Visions infernales
Französisch und deutsch.
Übertragung und Nachwort von
Una Pfau.
187 Seiten. BS 889

Gustav Januš
Gedichte 1962–1983
Slowenisch und deutsch.
Übertragen von
Peter Handke.
121 Seiten. BS 820

James Joyce
Anna Livia Plurabelle
Deutsche Übertragungen
von Wolfgang Hildesheimer
und Hans Wollschläger.
Mit einer Einleitung von
Klaus Reichert.
Im Anhang eine Teilübersetzung ins
Basic English von C.K. Ogden,
eine deutsche Übersetzung
von Georg Goyert und eine
französische Teilübersetzung von
Samuel Beckett, Philippe Soupault,
Alfred Péron, Ivan Goll,
Eugène Jolas, Paul-L. Léon,
Adrienne Monnier,
in Zusammenarbeit mit
dem Autor.
176 Seiten. BS 253

Giacomo Joyce
Englisch und deutsch.
Übertragung von Klaus Reichert.
Anmerkungen von Fritz Senn.
Mit einer Einführung herausgegeben
von Richard Ellmann.
80 Seiten. BS 240
Die Toten / The Dead
Englisch und deutsch.
Übertragung von
Dieter E. Zimmer.
Mit Nachworten von
Richard Ellmann und
Eberhard Späth.
169 Seiten. BS 512

Konstantinos Kavafis
Um zu bleiben
Liebesgedichte.
Griechisch und deutsch.
Übersetzung und Nachwort
von Michael Schroeder. Mit 13
Radierungen von David Hockney.
110 Seiten. BS 1020

Ossip Mandelstam
Schwarzerde / Černozem
Gedichte.
aus den Woronescher Heften.
Russisch und deutsch. Übertragung
und Nachwort von Ralph Dutli.
154 Seiten. BS 835

Pablo Neruda
Gedichte
Spanisch und deutsch.
Übertragung und Nachwort von
Erich Arendt.
267 Seiten. BS 99
Die Raserei und die Qual
Gedichte.
Spanisch und deutsch.
Auswahl, Übertragung und Nachwort
von Hans Magnus Enzensberger.
119 Seiten. BS 908

Martinus Nijhoff
Die Stunde X
Gedichte.
Niederländisch und deutsch.
Übertragung und Nachwort
von Ard Posthuma.
115 Seiten. BS 859

Octavio Paz
Gedichte
Spanisch und deutsch.
Übertragung und Nachwort von
Fritz Vogelgsang.
325 Seiten. BS 551

Sylvia Plath
Ariel
Gedichte. Englisch und deutsch.
Übertragen von Erich Fried.
181 Seiten. BS 380

Marcel Proust
Der Gleichgültige
L'Indifférent
Erzählung.
Französisch und deutsch.
Übertragen von Elisabeth Borchers.
Mit einem Vorwort und
Anmerkungen von Philip Kolb.
99 Seiten. BS 601

Mercè Rodoreda
Reise ins Land der verlorenen
Mädchen / Viatges i Flors
Poetische Prosastücke.
Katalanisch und deutsch.
Übertragung von Angelika Maass.
Nachwort von Carmen Arnau.
215 Seiten. BS 707

Rose aus Asche
Spanische und spanisch-
amerikanische Gedichte
1900–1950.
Spanisch und deutsch.
Übertragen, herausgegeben und mit
einem Nachwort versehen von
Erwin Walter Palm.
176 Seiten. BS 734

Saint-John Perse
Winde / Vents
Französisch und deutsch.
Übertragung und Nachwort
von Friedhelm Kemp.
176 Seiten. BS 122

Pedro Salinas
Gedichte / Poemas
Spanisch und deutsch.
Ausgewählt und übertragen
von Rudolf Wittkopf.
165 Seiten. BS 1049

Giorgos Seferis
Poesie
Griechisch und deutsch.
Auswahl, Übertragung
und Nachwort von
Christian Enzensberger.
103 Seiten. BS 962

Giuseppe Ungaretti
Gedichte
Italienisch und deutsch.
Übertragung und Nachwort von
Ingeborg Bachmann.
157 Seiten. BS 70

Paul Valéry
Gedichte
Französisch und deutsch.
Übertragen von Rainer Maria Rilke.
Mit einem Nachwort von
Karl Krolow.
141 Seiten. BS 992
Die junge Parze / La jeune Parque
Gedicht.
Französisch und deutsch.
Übertragen von Paul Celan.
59 Seiten. BS 757

César Vallejo
Gedichte
Spanisch und deutsch.
Übertragung und Nachwort von
Hans Magnus Enzensberger.
130 Seiten. BS 110

William Carlos Williams
Die Worte, die Worte, die Worte
Gedichte.
Amerikanisch und deutsch.
Übertragung, Nachwort und das
Gedicht »Envoi. Für William
Carlos Williams,
gestorben am 6. März 1963«
von Hans Magnus Enzensberger.
211 Seiten. BS 76

Marina Zwetajewa
Phoenix
Versdrama in drei Bildern.
Russisch und deutsch.
Nachdichtung von Ilma Rakusa.
190 Seiten. BS 1057

Bibliothek Suhrkamp

Verzeichnis der letzten Nummern

857 Thomas Bernhard, Beton
858 Felisberto Hernández, Die Hortensien
859 Martinus Nijhoff, Gedichte
860 Jurij Trifonow, Zeit und Ort
861 Shen Congwen, Die Grenzstadt
862 Ogai Mori, Die Wildgans
863 Karl Krolow, Im Gehen
865 Gertrud von le Fort, Die Tochter Farinatas
866 Joachim Maass, Die unwiederbringliche Zeit
867 Stanisław Lem, Die Geschichte von den drei geschichtenerzählenden Maschinen des Königs Genius
868 Peter Huchel, Margarethe Minde
869 Hermann Hesse, Steppenwolf mit 15 Aquarellen von Gunter Böhmer
870 Thomas Bernhard, Der Theatermacher
871 Hans Magnus Enzensberger, Der Menschenfreund
872 Emmanuel Boye, Bécon-les-Bruyères
873 Max Frisch, Biografie: Ein Spiel, Neue Fassung 1984
874 Anderson/Stein, Briefwechsel
875 Rafael Sánchez Ferlosio, Abenteuer und Wanderungen des Alfanhui
876 Walter Benjamin, Sonette
877 Franz Hessel, Pariser Romanze
878 Danilo Kiš, Garten, Asche
879 Hugo von Hofmannsthal, Lucidor
880 Adolf Muschg, Leib und Leben
881 Horacio Quiroga, Geschichten von Liebe, Irrsinn und Tod
882 Max Frisch, Blaubart
883 Mircea Eliade, Nächte in Serampore
884 Clarice Lispector, Die Sternstunde
885 Konrad Weiß, Die Löwin
886 Tania Blixen, Moderne Ehe
887 Jean Grenier, Die Inseln
888 Thomas Bernhard, Ritter, Dene, Voss
889 Max Jacob, Höllenvisionen
891 Peter Huchel, Die neunte Stunde
892 Scholem Alejchem, Schir-ha-Schirim
893 Ferreira Gullar, Schmutziges Gedicht
894 Martin Kessel, Die Schwester des Don Quijote
895 Raymond Queneau, Mein Freund Pierrot
896 August Strindberg, Schwarze Fahnen
898 E. M. Cioran, Widersprüchliche Konturen
899 Thomas Bernhard, Der Untergeher
900 Martin Walser, Gesammelte Geschichten
901 Leonora Carrington, Das Hörrohr
903 Walker Percy, Der Kinogeher
904 Julien Gracq, Die engen Wasser

905 Francesco Jovine, Die Äcker des Herrn
906 Richard Weiner, Spiel im Ernst
907 Gertrude Stein, Jedermanns Autobiographie
908 Pablo Neruda, Die Raserei und die Qual
909 Marie Luise Kaschnitz, Menschen und Dinge 1945
910 Thomas Bernhard, Einfach kompliziert
911 Alexander Kluge, Lebensläufe
912 Michel Butor, Bildnis des Künstlers als junger Affe
914 Wolfgang Koeppen, Der Tod in Rom
915 Catherine Colomb, Das Spiel der Erinnerung
916 Bohumil Hrabal, Sanfte Barbaren
917 Tania Blixen, Ehrengard
918 Bernard Shaw, Frau Warrens Beruf
919 Mercè Rodoreda, Der Fluß und das Boot
920 Adolf Muschg, Dreizehn Briefe Mijnheers
921 Jorge de Sena, Der wundertätige Physicus
922 Anatolij Kim, Der Lotos
923 Friederike Mayröcker, Reise durch die Nacht
924 Stig Dagerman, Deutscher Herbst
926 Wolfgang Koeppen, Tauben im Gras/Das Treibhaus/Der Tod in Rom
927 Thomas Bernhard, Holzfällen
928 Danilo Kiš, Ein Grabmal für Boris Dawidowitsch
929 Janet Frame, Auf dem Maniototo
930 Peter Handke, Gedicht an die Dauer
931 Alain Robbe-Grillet, Der Augenzeuge
934 Leonid Leonow, Evgenia Ivanovna
935 Marguerite Duras, Liebe
936 Hans Erich Nossack, Das Mal und andere Erzählungen
937 Raymond Queneau, Die Haut der Träume – »Fern von Rueil«
938 Juan Carlos Onetti, Leichensammler
939 Franz Hessel, Alter Mann
940 Bernard Shaw, Candida
941 Marina Zwetajewa, Mutter und die Musik
942 Jürg Federspiel, Die Ballade von der Typhoid Mary
943 August Strindberg, Der romantische Küster auf Rånö
944 Alberto Savinio, Maupassant und der andere
945 Hans Mayer, Versuche über Schiller
946 Martin Walser, Meßmers Gedanken
947 Ödön von Horváth, Jugend ohne Gott
948 E. M. Cioran, Der zersplitterte Fluch
949 Alain, Das Glück ist hochherzig
950 Thomas Pynchon, Die Versteigerung von No.49
951 Raymond Queneau, Heiliger Bimbam
952 Hermann Ungar, Die Verstümmelten
953 Marina Zwetajewa, Auf eigenen Wegen
954 Maurice Blanchot, Thomas der Dunkle
955 Thomas Bernhard, Watten
956 Eça de Queiroz, Der Mandarin
957 Norman Malcolm, Erinnerungen an Wittgenstein
958 André Gide, Aufzeichnungen über Chopin

959 Wolfgang Hoffmann-Zampis, Erzählung aus den Türkenkriegen
961 August Scholtis, Jas der Flieger
962 Giorgos Seferis, Poesie
963 Andrzej Kuśniewicz, Lektion in einer toten Sprache
964 Thomas Bernhard, Elisabeth II.
965 Hans Blumenberg, Die Sorge geht über den Fluß
966 Walter Benjamin, Berliner Kindheit, Neue Fassung
967 Marguerite Duras, Der Liebhaber
968 Ernst Barlach, Der gestohlene Mond
969 Tschingis Aitmatow, Der weiße Dampfer
970 Christine Lavant, Gedichte
971 Catherine Colomb, Tagundnachtgleiche
972 Robert Walser, Der Räuber
973 Franz Rosenzweig, Der Stern der Erlösung
974 Jan Józef Szczepański, Ikarus
975 Melchior Vischer, Sekunde durch Hirn/Der Hase
976 Juan Carlos Onetti, Grab einer Namenlosen
977 Vincenzo Consolo, Die Wunde im April
978 Jürgen Becker, Felder
979 E. M. Cioran, Von Tränen und von Heiligen
980 Olof Lagercrantz, Die Kunst des Lesens und des Schreibens
981 Hermann Hesse, Unterm Rad
982 T. S. Eliot, Über Dichtung und Dichter
983 Anna Achmatowa, Gedichte
984 Hans Mayer, Ansichten von Deutschland
985 Marguerite Yourcenar, Orientalische Erzählungen
986 Robert Walser, Poetenleben
987 René Crevel, Der schwierige Tod
988 Scholem Alejchem, Eine Hochzeit ohne Musikanten
989 Erica Pedretti, Valerie
990 Samuel Joseph Agnon, Der Verstoßene
991 Janet Frame, Wenn Eulen schrein
992 Paul Valéry, Gedichte
993 Viktor Šklovskij, Dritte Fabrik
994 Yakup Kadri, Der Fremdling
995 Patrick Modiano, Eine Jugend
997 Thomas Bernhard, Heldenplatz
998 Hans Blumenberg, Matthäuspassion
999 Julio Cortázar, Der Verfolger
1000 Samuel Beckett, Mehr Prügel als Flügel
1001 Peter Handke, Die Wiederholung
1002 Else-Lasker-Schüler, Arthur Aronymus
1003 Heimito von Doderer, Die erleuchteten Fenster
1004 Hans-Georg Gadamer, Das Erbe Europas
1005 Hans Jonas, Das Prinzip Verantwortung
1006 Marguerite Duras, Aurelia Steiner
1007 Juan Carlos Onetti, Der Schacht
1008 E. M. Cioran, Auf den Gipfeln der Verzweiflung
1009 Marina Zwetajewa, Ein gefangener Geist
1010 Christine Lavant, Das Kind

1011 Alexandros Papadiamantis, Die Mörderin
1012 Hermann Broch, Die Schuldlosen
1013 Benito Pérez Galdós, Tristana
1014 Conrad Aiken, Fremder Mond
1015 Max Frisch, Tagebuch 1966–1971
1016 Catherine Colomb, Zeit der Engel
1017 Georges Dumézil, Der schwarze Mönch in Varennes
1018 Peter Huchel, Gedichte
1019 Gesualdo Bufalino, Das Pesthaus
1020 Konstantinos Kavafis, Um zu bleiben
1021 André du Bouchet, Vakante Glut / Dans la chaleur vacante
1022 Rainer Maria Rilke, Briefe an einen jungen Dichter
1023 René Char, Lob einer Verdächtigen / Eloge d'une Soupconnée
1024 Cees Nooteboom, Ein Lied von Schein und Sein
1025 Gerhart Hauptmann, Das Meerwunder
1026 Juan Benet, Ein Grabmal / Numa
1027 Samuel Beckett, Der Verwaiser / Le dépeupleur / The Lost Ones
1028 Ulrich Plenzdorf, Die neuen Leiden des jungen W.
1029 Bernhard Shaw, Die Abenteuer des schwarzen Mädchens auf der Suche nach Gott
1030 Francis Ponge, Texte zur Kunst
1031 Tankred Dorst, Klaras Mutter
1032 Robert Graves, Das kühle Netz / The Cool Web
1033 Alain Robbe-Grillet, Die Radiergummis
1034 Robert Musil, Vereinigungen
1035 Virgilio Piñera, Kleine Manöver
1036 Kazimierz Brandys, Die Art zu leben
1037 Karl Krolow, Meine Gedichte
1038 Leonid Andrejew, Die sieben Gehenkten
1039 Volker Braun, Der Stoff zum Leben 1-3
1040 Samuel Beckett, Warten auf Godot
1041 Alejo Carpentier, Die Hetzjagd
1042 Nicolas Born, Gedichte
1043 Maurice Blanchot, Das Todesurteil
1044 D. H. Lawrence, Der Mann, der Inseln liebte
1045 Jurek Becker, Der Boxer
1046 E. M. Cioran, Das Buch der Täuschungen
1047 Federico García Lorca, Diwan des Tamarit / Diván
1048 Friederike Mayröcker, Das Herzzerreißende der Dinge
1049 Pedro Salinas, Gedichte / Poemas
1050 Jürg Federspiel, Museum des Hasses
1052 Alexander Blok, Gedichte
1053 Raymond Queneau, Stilübungen
1054 Dolf Sternberger, Figuren der Fabel
1055 Gertrude Stein, Q. E. D.

Bibliothek Suhrkamp

Alphabetisches Verzeichnis